銃皇無尽のファフニール
インフィニティ・ワールド
EX
ツカサ
Illustration
梱枝りこ
JN184294

フィリル・クレスト
Firill Crest

ティア・ライトニング
Tear Lightning
「こうなったら、ちゅーちゅー作戦なの！」
意を決し、ティアは彼女の胸に吸い付く。
ちゅー。
「……や……んくっ……」
フィリルが微かに熱い吐息を漏らした。

物部深月
Mitsuki Mononobe

強引に服を剥ぎ取られ、
深月はベッドに押し倒される。
「ふっふっふ、悲鳴を上げるほど
気持ち良くしてあげますから、
覚悟してください」
「や、やめ……あんっ
……や……あうっ……きゃあっ――」
リーザ・ハイウォーカー
Lisa Highwalker

そして皆は声を合わせて叫ぶ。
「ハッピーバースデイ!!」
イリス・フレイア
Iris Freyja

銃皇無尽のファフニール

TABLE OF CONTENTS

銃皇無尽のファフニールEX

インフィニティ・ワールド

ツカサ

講談社ラノベ文庫

銃皇無尽のファフニール

UNLIMITED FAFNIR

STORY

突如現れたドラゴンと総称される怪物たちにより、世界は一変した――。

ドラゴンの力を持った、“D”と呼ばれる異能の少女たちが集まる学園・ミッドガル。

この学園に入学することになった、唯一の男の“D”である少年・物部悠は、イリスや妹の深月らをはじめとするクラスメイトたちとともに、ドラゴンとの戦いに身を投じる。

悠たちの活躍もあり、7体のドラゴンは表向きには世界から姿を消した。

だがその後、“終焉”のアンゴルモアが現れ、この世界すべてを呑み込まんとする。

激しい戦いの末、なんとか勝利した悠たち。

本巻は、その日々の断片を拾い集めた小さな物語である――

物部深月

Mitsuki Mononobe

三年ぶりに再会した悠の妹。ミッドガル学園の生徒会長であり、竜伐隊の隊長も務めている。架空武装は“五閃の神弓(ブリューナク)”。

Birthday：3/3

物部悠

Yuu Mononobe

世界でただ一人の男の“D”。軍事組織ニブルに所属していたが、ミッドガルへの異動により、イリスや深月たちと一緒に学園に通うことになった。

Birthday：12/25

イリス・フレイア

Iris Freyja

悠がミッドガルではじめて出会った少女。明るい性格だが、クラスでは落ちこぼれ。架空武装は“双翼の杖(ケリュケイオン)”。

Birthday：7/10

CHARACTER

UNLIMITED
FAFNIR

ティア・ライトニング
Tear Lightning

転入生の少女。自分のことを人間ではなくドラゴンだと認識していた。悠にとても懐いている。

Birthday：10/2

フィリル・クレスト
Firill Crest

趣味は読書の、物静かな少女。実はエルリア公国の王女様。架空武装は"架空の魔書（ネクロノミコン）"。

Birthday：4/1

リーザ・ハイウォーカー
Lisa Highwalker

お姉さん肌の少女。面倒見の良い性格で、仲間のことをとても大切に考えている。架空武装は"射抜く神槍（グングニル）"。

Birthday：5/15

ロキ・ヨツンハイム
Loki Jötunheimr

軍事組織ニブルの少佐。悠のかつての直属の上司。

Birthday：11/21

レン・ミヤザワ
Ren Miyazawa

飛び級をしている天才少女。上位元素（ダークマター）生成能力が非常に高い。架空武装は"粉砕する灼鎚（ミョルニル）"。

Birthday：6/12

アリエラ・ルー
Ariella Lu

ボーイッシュな少女。武道の経験がある。架空武装は"牙の盾（アイギス）"。

Birthday：9/27

ヴリトラ
Vritra

"黒"のヴリトラと呼称されるドラゴン。25年前に現れ、一度姿を消したが、人の形をとって再び現れた。

Birthday：不明

キーリ・スルト・ムスペルヘイム
Kili Surtr Muspellzheimr

ドラゴン信奉者団体"ムスペルの子ら"のリーダー。上位元素を熱エネルギーに変換する"禍炎界（ムスペルヘイム）"という技を操る。

Birthday：不明

口絵・本文イラスト／榧枝りこ
デザイン／草野剛（草野剛デザイン事務所）
編集／庄司智

UNLIMITED FAFNIR

✦ 序章

「ん……」

瞼の向こうが眩しくて、目を開く。

すると普段とは違う天井が瞳に映り、俺はしばし考えた。

——ここはどこだ？

まず順番に状況を整理。

俺——物部悠は、日本の遥か南にある孤島、ミッドガルで学生生活を送っている。

そこに集うのは物質変換能力を持つ〝D〟と呼ばれる少女たち。

だが俺は男でありながら〝D〟の能力を有していた。

男子の俺に宛てがわれた部屋は、一般生徒が暮らす女子寮ではなく、妹の深月が所有する宿舎の一室。

そしてここは間違いなく俺の部屋ではない。

視線を動かすと、窓の向こうに真っ青な空が広がっていた。射し込む陽光は目に痛いほどだが、太陽の位置はまだ低い。

部屋の空気もひんやりとしていて、今が早朝だということが察せられた。

「くぅー……すぅー……」

だがそんな朝の空気を押しのけて、生暖かい吐息が首筋に触れる。

くすぐったさを感じながらそちらを見れば、すぐ目の前に整った少女の寝顔があった。

「……深月」

ミッドガル学園の生徒会長であり、俺の妹でもある彼女の名を呟く。

深月も俺も制服姿で、寝転んでいるのはどうやら床の上。

「ああ、そっか——昨日は遅くまでクリスマスパーティーの準備を……」

そこでようやく思い出した。

ここは学園の生徒会室。

今度行われるクリスマスパーティーの実行委員長に指名された俺は、深月と共に大量の事務仕事を処理していたのだ。

けれど想定外のトラブルなどもあって手間取り、仕事が深夜に及んだので一旦仮眠を取ることにしたのだが——。

「三十分したら起こすって話だったのに、どうして深月も一緒に寝てるんだよ……」

気持ちよさそうに眠っている深月に手を伸ばすと、彼女は俺の手に頬を摺り寄せてくる。

「んぅ……兄さぁん……」

その表情を見てしまうと文句を言う気もなくなり、俺は体を起こしてから彼女の体を軽く揺する。

「おい、深月」

「んん……？」

すると規則的だった深月の寝息が乱れ、閉じられていた瞼が微かに開いた。

「兄、さん……？」

ぼーっとした顔で俺を見つめる深月。

「おはよう」

「…………おはようございます。んー……今、何時ですか？」

深月に問われた俺は、携帯端末で時刻を確かめる。

「朝の五時半だ」

それを聞いた深月はしばし呆然とし、頭を抱えた。

「あああああー……」

「やっちまったな」

「はい……兄さんの隣でちょっと休むだけのつもりだったんですが……」

よろよろと起き上がった深月は、がくりと肩を落とす。

「休みたかったのなら、俺を起こしてからにすればよかっただろ？」

俺は当然の指摘をするが、何故か深月に睨まれた。

「……兄さんが悪いんですよ？　あんな幸せそうな寝顔を見せられたら……起こすのを躊躇ってしまいます。傍で……眺めたくなっても仕方がありません」

胸を張って断言する深月。

「そりゃ――まあ、悪かったな」

ここで抗弁しても無駄だと思い、俺は深月の頭にポンと手を置く。

寝顔に見惚れてしまったのは、俺も同じだったから。

「いえ、あの、その、別に本気で責めているわけではなくて……」

「分かってるって。それよりまだ始業まで時間はあるし、一旦宿舎に帰らないか？」

俺は深月の頭を軽く撫でてから立ち上がり、彼女に手を差し出した。

「……そうですね。戻ってシャワーを浴びたいです」

頷いて俺の手を取る深月だったが、何故か立ち上がろうとしない。

「深月？」

疑問の眼差しを向けると、深月は視線を彷徨わせながら言う。

「えっと、に、兄さん……私……まだ眠たくて……上手く歩けない、かも……」

何かを期待するような表情を浮かべる深月を見て、俺は苦笑を浮かべた。

「了解。お運びしますよ、生徒会長」

冗談めかして頷いた俺は、屈んで彼女に背中を向けた。

「――よろしくお願いします、兄さん」

眠いと言っている割には弾んだ声で答えた深月は、俺の首に手を回し、体を預けてくる。

そうして俺は深月をおんぶし、生徒会室を後にした。

「ふふ……兄さん、少し汗臭いですね」

誰もいない廊下を歩く俺の首筋に顔を押しつけ、深月が笑う。

「だったら降りてもいいぞ」

「いえ、絶対に降りません」

深月は俺にぎゅっとしがみついた。

「……これ、そんなに好きなのか？」

最近、度々おんぶを要求されている俺は、背中の深月に問いかける。

「はい……とても、兄さんのことを感じられますから。ここに兄さんがいるんだって……夢じゃないんだって……実感できるんです」

強い感情が滲む声で深月は答えた。

深月が何を考えているかは俺にも何となく分かる。

何故なら俺たちが今、ミッドガルで平和な日常を過ごしていることは、本当に奇跡のようなものなのだから。

「色んなことがあったよな」

「そうですね……色々なことがありました」

俺たちは思い起こす。

クリスマスが間近に迫った常夏の島で――眩い朝の日差しを浴びて、短い家路を辿りながら――振り返る。

ここまで歩いてきた道のりを。

そして同時に思い描く。
これから進んでいく未来の姿を――。

UNLIMITED
FAFNIR

✦第一部　ガールズ・トーク　―特典用短編集―

◆ブリュンヒルデ・ゲーマーズ1

ミッドガル学園の女子寮――その一室に、火照った声が響く。

「あっ……や、ダメ……フィリルさん、そんなの……卑怯ですわっ」

「……リーザが、油断してるだけ」

「くっ……わ、わたくし、負けませんわよ！」

「っ……ん……今のは、ちょっと上手かった……かも」

熱を帯びた言葉が交わされ、二人はより激しくぶつかり合う。

そんな最中、ガチャリと扉が開き、ミッドガルの生徒会長である物部深月が部屋に入ってきた。

「あなたたち……いったい何をしているんですか？」

呆れた顔で、クラスメイトの二人に問いかける深月。

「見て分かりませんの？　わたくしたち、激闘の真っ最中なのですわ」

リーザはテレビ画面に視線を向けたまま、早口で返事をする。

「……ちょっと待って。もう少しで、終わるから」

フィリルはコントローラーをカチャカチャと素早く操作しつつ、余裕のある声で言う。

「なっ……わ、わたくしはまだ逆転を諦めていませんわよ！　喰らいなさいっ、この一撃を――って避けられてしまいましたわ⁉」

「とどめ」

「ぐっ……ああ、今度こそ勝てると思いましたのに……」

がくりと肩を落とし、コントローラーを手放すリーザ。

「で……改めて聞きますが、いったい何を？」

深月は二人の脇に腰を下ろし、テレビ画面を覗き込む。そこには槍を持って倒れる騎士の少女と、勝利ポーズを決める魔法少女が映っていた。

「……格闘ゲーム、してた」

フィリルは短く答え、リーザがその言葉を補足する。

「先日、通販でフィリルさんが取り寄せたんです。それ以来、毎晩対戦相手をさせられているのですが……一向に勝てなくてフラストレーションが溜まっていますの」

「はあ……状況は把握しましたが、どうしてその場に私が呼び出されたんですか？　珍しくリーザさんからメールがあって、しかも急いで来てくれというから何事かと……」

深月は溜息を吐き、リーザをジト目で見つめた。

「それはもちろん、深月さんと対戦するためですわ。このままではイライラして眠れそうにありませんから。深月さんに勝ってスッキリしたいんです」

「私はストレス発散相手ですか……もう消灯時間も過ぎているというのに……」

眉を寄せて呟く深月に、フィリルは自分のコントローラーを差し出す。

「……たまには、いいんじゃない？　同期でこうやって集まるの、最近なかったし」

じっとフィリルに見つめられ、深月は諦めた様子でコントローラーを受け取った。

「言っておきますが……簡単に負けるつもりはありませんよ？」

「ふふ、わたくしはもう何日も、フィリルさんに負け続けているのですわよ？　初めてこのゲームをプレイする深月さんに勝ち目などありませんわ」

既に勝ち誇った様子でリーザは笑う。

リーザが選んだのは先ほどと同じく槍の騎士。深月は弓使いをセレクトした。

「……このゲームのキャラクター、全員女の子なんですね」

深月が画面を見ながら言う。

「ええ、皆とても可愛くて強いんですの。何となく自分に近い子がいて、愛着が湧くのですわ。わたくし、フィリルさんの趣味には付いていけないことが多いのですが、このゲームだけは気に入りました」

生き生きとした口調でリーザは語る。

そして対戦が開始された。

「ちょっ……深月さん、あなたこのゲームをやったことがあるんですの⁉」

いきなりファーストヒットを奪われたリーザが驚きの声を上げる。

「いいえ、初めてですよ。ただ、こうしたゲームの基本操作は似ていますから。昔、兄さんとよく、ゲームで遊んでいたんです」

「くっ……で、ですがまだシステムは把握されていないようですわね。このゲームでは、こういうこともできるんですわよ！」

「な……ズルいですよ、リーザさん。今のはどうやって出すんですか？」

慌てる深月にフィリルが横からアドバイスする。

「あのね……相手の攻撃に合わせて、このボタンを——」

「フィ、フィリルさん⁉　あなたはどっちの味方ですの？」

「……私は、リーザと深月の、友達」

真顔で答えるフィリル。その間にも、システムを理解した深月がリーザとの差を縮めていく。

「ま、負けませんわよ……せめて深月さんにだけはっ……」

「っ⁉」

槍の騎士が繰り出した超必殺技が、弓使いの体力ゲージをゼロにする。

「やりましたわっ！　ついに初勝利です！」

「………わりと、悔しいですね」

深月はむすっとした顔で呟く。

「リーザさん、もう一回です」

「ふふん、いいですわよ。何回でも受けて立ってあげましょう」

そうして深月とリーザは再び戦い始める。両者の実力は拮抗しており、互いに勝ったり負けたりを繰り返した。

「そういえば深月さん、昔よくゲームをしていたと言っていましたが……モノノベ・ユウは、強いんですの？」

画面の中で戦いを続けながら、リーザが問いかける。

「そうですね……格闘ゲームに関しては、私より強かったと思いますよ」

キャラクターの操作に集中しながら答える深月。

「なっ……それなら深月さんと互角のわたくしは、モノノベ・ユウより弱いということではありませんか⁉」

動揺したリーザの隙を突き、深月のキャラクターが決め技を放つ。

「かもしれませんね。私に負けているようでは、まだまだです」

勝って気分のいい深月は、余裕の笑みを浮かべて言う。

「……ふ、ふふ、燃えてきましたわ。もっと練習して強くなったら、モノノベ・ユウをこてんぱんにしてやりたいものですわね」

「リーザさんは、兄さんと一緒に遊びたいんですか？」

「ち、違います！　遊ぶのではなく決闘ですわ！」

顔を赤くしながら、リーザは深月の発言を訂正した。

そうして三人の少女は深夜まで代わる代わる戦いを続け、フィリルが欠伸をしたのを合図に解散となる。

眠い目を擦りながら、女子寮を後にする深月。自分の宿舎へと戻り、ベッドにごろんと寝転がり、小さな声で呟く。

「私も、兄さんと遊びたいなぁ……」

そうして深月は、自分も何かゲームを買おうかと思案し始めるのだった。

◆タイガーズ・ネスト

厳重な防衛網が敷かれたミッドガル学園には、特別に許可された船舶だけが出入りし、運搬物も詳細にチェックされる。そのため輸送できる荷物の量は限られ、一般生徒が外部に注文した品は、一週間に一度――土曜日に纏めて届けられる。

女子寮の玄関に山と積まれた荷物から注文した品を探し出すのは、週末の恒例行事となっていた。

「相変わらず……フィリルちゃんは、すごいね」

そんな中、大量の段ボール箱を自分の分として選り分けているクラスメイトのフィリルを見て、イリス・フレイアは呆れ混じりの息を吐いた。

「……そう？」

また一つ、新たな荷物をキャリーに載せたフィリルは、きょとんと首を傾げる。

「やっぱり、それ全部……本なの？」

「うん、大体は。マニアックな本も多くて……色んな専門店に注文するから、どうしても嵩張るの」

「へえ……じゃあ、例えばその箱にはどんな本が入っているの？」

「……これ？　この中は……薄い本が、いっぱい」

「薄いの？」

「……基本的には。でも、内容は濃いよ。虎穴に入らずんば虎子を得ず、の覚悟を持った人だけが手に入れられる特別な本なの」

「い、意味はよく分からないけど……フィリルちゃん、頑張ってるんだね」

「……うん、とっても」

フィリルはこくりと頷き、キャリーを押す。だが高く積まれた段ボールがぐらぐらと揺れた。

「ああっ、倒れちゃうよ。あ、あたし、支えるね」

「……ありがとう。お礼に後で、薄い本を貸してあげようか？」

「いいの？　やった、嬉しいっ」

「ちなみに……どんなジャンルが、好き？」

「えっとねー、あたしは……モノノべみたいな、カッコいい王子様が活躍するお話が読んでみたいっ」

「…………………………ごめん、やっぱりイリスに薄い本はまだ早いみたい。薄くない、普通の本で我慢してね」

「え？　そ、そうなの？」

「……うん、一般で満足できるのなら……その方が、幸せだから」

遠い目をして呟くフィリル。

「んー……あたし、褒められてるのかな？」

イリスは小首を傾げつつ、荷物運びを手伝うのだった。

◆ミドガルズ・デイズ1

ミッドガル学園の生徒会長——物部深月の元には、毎日のように生徒からの要望が届く。

夕日が射し込む生徒会室で、一人遅くまで書類を片付けていた深月は、控えめなノックの音に顔を上げた。

「——どうぞ」

「し、失礼しまーす……」

扉を開けて入ってきたのは、クラスメイトのイリス・フレイア。緊張した様子で生徒会室を見回し、深月だけしかいないことが分かると、安堵の息を吐く。

「あのね……実は、ちょっとミツキちゃんに相談したいことがあって来たの」

「はい、何でしょうか？」

「えっと、今度ミッドガルにショッピングモールができるって噂を聞いたんだけど……本当？」

「本当です。生徒たちの要望を受け、女子寮の近くに建設中ですよ。審査は厳しいですが、既に世界の有名ブランドが出店を希望しています」

「あ、やっぱり寮の横にある建物がそうなんだ！　じゃあさ、こんなお店に来て欲しいっていうリクエストとか、できるのかな？」

「そうですね……生徒の希望はなるべく尊重したいと思います」

「だったら、あたし――アニメとか漫画がたくさんあるお店がいいなっ！」

「アニメや漫画……ですか？　イリスさんにそういう趣味があるとは意外でした」

「あー……あたしも知ったのは最近なんだけどね。その、モノノべと仲良くなりたくて、日本の文化を勉強してるうちに……いつの間にかハマっちゃった感じで」

照れながら頭を掻くイリス。深月は深々と嘆息する。

「なるほど……兄さんが原因でしたか」

「あ、で、でもモノノべは単なる切っ掛けだし。まあ一緒にアニメとか見れたら楽しそうだなーとかちょっと思うけど……って今のなし！　あ、あたし何も言ってないからね！」

「……分かりました。私は何も聞いてません。とりあえずイリスさんの要望は把握しましたので、そういったジャンルの出店希望があったときは参考にいたします。もしイリスさん以外からも同様の要望があれば、こちらからオファーを出すことも検討しましょう」

「やった！　ありがとうミツキちゃん！」

イリスは弾んだ声で礼を言い、そのまま生徒会室を出て行こうとする。

「待ってください、イリスさん」

「ん、何？」

「いえ、その……アニメだけでなく…………よかったら、特撮なども見てみてください。きっと、面白いですから」

小さな声で言う深月の頰(ほお)は、夕日のせいか赤く染まって見えた——。

◆ミドガルズ・デイズ2

特別な力を持つ〝D〟の少女たち。彼女らが集うミッドガル学園は堅牢(けんろう)な防衛システムに守られ、資格なき者は近づくことさえ許されない。そんな閉ざされた学園の中にある女子寮は、まさに秘密の花園とでも言うべき場所なのだが――。

「リーザちゃん、リーザちゃん、見回りってドキドキするねっ」

「イリスさん、あまりはしゃがないように。遊びではないんですのよ？」

――実際の生活は、外の女学校とあまり変わらない。基本的には一人ずつ部屋が割り振られているが、希望すればルームメイトを作ることもできる。

そして、消灯時間後にそれらの部屋を見回る役目は当番制で、今日はイリス・フレイアとリーザ・ハイウォーカーの担当だった。

「あ、リーザちゃん。あそこ、光漏れてる」

手に持った懐中電灯をくるくる回していたイリスが、ドアの隙間から延びる光の筋を指し示す。

「アリエラさんとレンさんの部屋ですわね。まったく……夜更かしはバレないようにしてもらわないと困りますわ」

リーザは溜息(ためいき)を吐(つ)くと、あえて足音を大きく廊下へ響かせる。

すると部屋の中からバタバタと慌ただしい音が聞こえ、電気が消えた。

「……リーザちゃんって、意外と優しいよね」

「規則というのは本来、違反を取り締まるためのものではなく、表面上の秩序を保つためにあるのですわ。従う気があるのなら、罰する必要はありません」

「あと、たまに難しいことを言うから……よく分かんないことも多いなぁ」

イリスにはリーザの言い回しが難解だったのか、眉を寄せて首を傾げる。

「はぁ……イリスさんは相変わらず、ぽやっとしていますわね」

「ぽやっ？　どういう意味？」

「伝わらないのなら、別にいいですわ。ほら、先に行きますわよ」

「あ、待ってよ、リーザちゃん！」

歩調を速めたリーザを、イリスは小走りで追いかける。二人は各部屋から音や光が漏れていないのを確かめながら、廊下を進む。

「それにしても……彼が来てから学園全体の風紀は、以前より良くなりましたわね。予想とは真逆の結果でした」

懐中電灯で足元を照らしながらリーザが呟く。

「彼って、モノノベのこと？」

「ええ、彼が転入してから皆さん、少しおしとやかになった気がしますわ。異性の目というのは、思った以上に影響力があるようです」

「へえ……じゃあリーザちゃんも、モノノベのこと気にしてるの？」

「なっ……わ、わたくしは彼のことなど、何とも思っていませんわよ！」

「そうなの？　最近よくシャンプーの香りが変わるから、色々気にしてるのかなって思ったんだけど……」

「そ、それは……イリスさん、余計なことに関しては鋭いんですのね。その洞察力を、もっと他のことに生かして欲しいものですわ」

疲れた様子でリーザは溜息を吐く。

「あ、やっぱり気にしてたんだ。ねえ、モノノベが好きなシャンプーって何かな？」

「そ、そんなの分かりませんわ。最近は日本製のものを取り寄せて、通り過ぎざまに反応を見ていますが……ってこれはあくまで女性としての品位を保つためであって、彼だからというわけではないですわよ？」

慌てて言い訳をするリーザ。だが言葉の後半をイリスはほとんど聞いていなかった。

「ああ、そっかぁ……高いものを使えばいいってわけじゃないんだね。さすがリーザちゃん……勉強になるなぁ」

イリスは腕を組み、感心した様子で頷いている。

「はぁ……もういいですわ。もし彼の好みが分かったときは、教えてあげますわね」

「ホント!?　ありがとうリーザちゃん！」

「ちょっ、抱き付かないでください。暑苦しいですわよ」

そうして彼女たちは賑やかに夜の女子寮を行く。
騒がしいぞと寮長に叱られるのは、このすぐ後のことだった——。

◆ミドガルズ・デイズ3

イリス・フレイアの朝は、近頃慌ただしい。

六時ちょうどに鳴り響く目覚ましを止め、枕を抱きしめて二度寝をしようと目を閉じたところで、部屋の扉が叩(たた)かれる。

「朝ですわよ！　起きなさいイリスさん！」

「……ふわぃ」

寝ぼけ眼でベッドから降り、扉を開けると、仁王立ちしたリーザが待ち構えていた。

「ほら、早く仕度をなさい。手伝ってあげますから」

リーザはそう言うと部屋に入ってきて、てきぱきとイリスの着替えを手伝う。さらに寝癖の付いた髪を梳(と)かし、日差しの強いミッドガルでは必需品の日焼け止めクリームを塗るリーザ。

「ねえ……リーザちゃん、最近いつも朝に来てくれるけど、どうして？」

イリスは為(な)されるがままになりながら、世話を焼くリーザに問いかける。

「放っておくのが心配だからですわ。いっつもぽやぽやしていて目が離せないんです……あ、ちゃんと下着は穿(は)きましたわよね？」

真剣な眼差(まなざ)しでリーザは念を押す。

「う、うん、ほら、穿いてるよ？」

イリスはぴらっとスカートを捲った。

「ああもう、たとえ女同士でも気軽にそういうことをしてはいけませんわ。常に恥じらいを持っていないと、モノノベ・ユウの前でもうっかり同じことをしてしまいますわよ？」

「えっ⁉　そ、それは困る！　見たいって言われてないのにパンツを見せるなんて、はしたない子だって思われちゃう……」

「見たいと言われたら、見せるような言い方ですわね」

「え、まあ……モノノベの頼みだったら、それぐらい……」

顔を赤くし、もじもじとするイリス。

「これはもう、手の付けようがないかもしれませんわ」

リーザは呆れたように嘆息しつつも、イリスの身だしなみを整え、手を引く。

「——ほら、食堂へ行きますわよ。皆さん、先に行っていますわ」

「うん、あ……その、リーザちゃんありがと」

「お礼を言うぐらいなら、もうちょっとしっかりして欲しいものですわね」

金と銀の髪を揺らし、二人は食堂に向かう。

その光景はまるで、しっかり者の姉と手のかかる妹が仲良く歩いているかのようだった。

◆ミドガルズ・デイズ４

ブリュンヒルデ教室、出席番号二番のフィリル・クレストは、読書好きな女子生徒だ。暇さえあればいつでも何かしら本を読んでいる。

昼休み、食堂棟へ移動する最中も、フィリルは文庫本を片手に歩いていた。

「フィリルちゃん、本を読みながら歩くのは危ないよ？」

隣を歩くイリス・フレイアが銀色の髪を揺らしながら忠告する。けれどフィリルは本から視線を離さないまま、抑揚のない声で答えた。

「……大丈夫。リーザがいるから」

フィリルは左手で本を持ち、右手で前を歩くリーザの制服を摘まんでいる。どうやらリーザを先導役にしているらしい。

「で、でもそんなことしたらリーザちゃん怒るんじゃ……」

普段から色々と叱られることの多いイリスは、リーザの様子を窺いながら心配する。

すると当の本人であるリーザが振り返り、苦笑を浮かべた。

「もうフィリルさんに関しては諦めていますわ。クラスメイトになって一年ぐらいは口を酸っぱくして注意したのですが、この子は全く言うことを聞いてくれないんですもの」

諦めたような表情でリーザは言う。

「……ううん、少しは聞いてる。リーザがいない時には、歩きながら本は読まないから」

「でしたら今後は、フィリルさんと別行動を取りましょうか」

「……私、優しいリーザが好き」

きらきらとした眼差しでリーザを見つめるフィリル。

「はぁ――全くもう、フィリルさんはわたくしに甘え過ぎですわよ。部屋が別々になってからも、毎晩わたくしのところに来てますし」

それを聞いたイリスは、驚いた顔で口を挟む。

「リーザちゃんとフィリルちゃんって、前はルームメイトだったの？　初めて聞いたよ！」

イリスの言葉に、リーザは顔を顰める。

「まあそうですが……正直、あの頃のことはあまり思い出したくありませんわ」

「え、どうして？　もしかしてフィリルちゃんと喧嘩したの？　それで部屋を別々にした……とか？」

躊躇いがちに問いかけるイリス。けれどリーザは嘆息して首を横に振った。

「いいえ、別に喧嘩はしていません。ただ、悪夢の日々ではありましたわね。日々増えていく本……積まれ、高くなっていく本……そして、眠っているときに足が当たっただけでベッドになだれ落ちてくる本……本、本、本！　本で圧死しそうになるなんて、もうこりごりですわ」

当時のことを思い出したのか、リーザは恐怖に体を震わせる。

そこでフィリルは、補足するようにポツリと呟いた。

「だから仕方なく、もう一部屋借りて書庫にしたの」

「書庫じゃありませんわよ！　あなたの自室ですわ！」

間髪を容れずフィリルの発言につっこむリーザ。

「……あんな危険な部屋で、寝れない」

「だったらもうちょっと整理整頓をしてください。このままだと今の部屋もパンクしますわよ？」

「……一応、あの部屋に収まるよう調整はしてる。置き切れなくなった本は、国に送ってるよ」

しれっとした表情でフィリルは答える。

「もういっそのこと、全部送ってしまえばいいと思いますわ」

「……それは無理。読み返したい本もあるし、はぁはぁする本とか、送るのはちょっと恥ずかしいし」

「なっ……そ、そんな本、置いておく方がよっぽど恥ずかしいですわよ！　部屋が同じだった時に偶然見てしまって、わたくしトラウマになっているんですからね！」

頬を赤くしてリーザは叫ぶ。それを見たイリスが首を傾げた。

「見たって何を？　トラウマになるほど怖いの？」

「い、イリスさんは知らなくていいことです！　あ、あんな経験をするのは、わたくしだけで十分ですわ」

慌てた様子でイリスに言うリーザ。だがフィリルはにやりと笑う。

「つまり、リーザは独り占めしたいんだ。いいよ、いつでも貸してあげる」

「結構ですわよ！　わたくし、本当にああいうものは苦手なんです」

「……遠慮しなくていいのにー」

「してません！」

不満げに唇を尖らせるフィリルと、眉を吊り上げるリーザ。そんな二人を見て、イリスは笑顔になる。

「よく分からないけど……要するに昔から二人は、すっごく仲良しってことなんだよね？」

「……うん、私とリーザは、親友」

フィリルは真顔で頷く。

「っ……ま、まあ、否定はしませんわ」

リーザは視線を逸らして呟くと、前に向き直って歩調を速める。

フィリルも読書を再開し、リーザの服を右手できゅっと握りながら後に続いた——。

◆ブリュンヒルデ・ゲーマーズ２

ミッドガル学園の女子寮。その一室から少女たちの囁きが微かに響いてくる。

「わ……モノノべ、大胆だよ」

「全く……モノノべ・ユウはとんでもない変態ですわね。まさか、いきなり胸を……」

「これは結婚だね。もう物部クンは結婚するしかないね」

「ん」

メールで呼び出された物部深月は、部屋の前で彼女たちの声を聞き、慌てて扉を開けた。

「まさか兄さんがいるんですか⁉　ここは女子寮ですよ⁉」

「あ、ミツキちゃんだー」

けれど返ってきたのは、のほほんとしたイリスの声だけ。部屋の中には彼女の兄である物部悠の姿はない。

イリス、リーザ、アリエラ、レンが、ゲームのコントローラーを握るフィリルの周りに集まっていた。テレビには何かのゲームらしき画面が映し出されている。

「これは……いったいどういう状況でしょうか？」

深月が問いかけると、フィリルが顔を上げて答える。

「新しいゲームを買ったから、皆を呼んだの」

「またですか……まあ別に構いませんが、今回はどんなゲームなんですか？　何やら兄さんの名前が聞こえたような……」

「可愛い女の子たちを攻略していくゲームだよ。主人公の名前を変えられたから、彼の名前にしてみたの」

そう言ってフィリルは美少女たちが並んだゲームのパッケージを見せる。

「はあ……よく分かりませんが、それって何となく男性向けのような……」

「そうだけど、意外と面白いよ。だから、一緒にやろ？　時々選択肢が出るから、それについて意見をちょうだい」

「まあ、少しの間ならお付き合いしますが……今はどんな状況なんですか？」

フィリルとイリスの間に腰を下ろし、深月は訊ねる。

「えっとね……彼が転校生の美少女と曲がり角でぶつかって、倒れた拍子に彼女の胸を揉んだとこ」

「とんでもない男ですわね、モノノベ・ユウは」

リーザが腕を組んで、腹立たしそうに言う。

「や、止めてください！　本物の兄さんはそんなことしません！」

深月は慌てて口を挟む。だがその時、隣にいたイリスが頬を染めてポツリと言葉を漏らした。

「……あたしはいきなり裸を見られて、押し倒されたけど」

「…………」

気まずい沈黙が部屋に満ちる。

「さ、さあ、ゲームを続けようよ。ほら、選択肢が出てる」

アリエラが無理やり明るい声を出し、画面を指差す。

「1・急いで彼女から離れる。2・もっと胸を揉む。3・謝りつつも胸を揉む」

選択肢をフィリルが平坦な声で読み上げる。

「普通に考えて1しかありませんわね。2と3は論外ですわ」

リーザが呆れた声で言う。

「っていうか、どうして揉むの選択肢が二つもあるんだろ」

「ん……」

アリエラの言葉にレンが頷く。

「私も1だと思います」

最後に深月の答えを聞き、フィリルはカーソルを移動させる。

「……じゃあ、3で」

「何でですか⁉」

思わず大声でツッコむ深月。

「だって、彼なら3を選びそうだったから」

「兄さんを基準に選ばないでください！　っていうか兄さんはそんなことしません！」

「もう選んじゃったし、後戻りはできない。それに……正解だったみたい」

「え……？」

見ると画面に映る女の子は顔を赤くし「相変わらず、君は優しくて、えっちなんだね……」と答えていた。

「何故⁉　意味が分かりません！」

深月は再度ツッコむ。

「……たぶん、この子と彼は昔会ったことがあるんだと思う。でも主人公は憶えていないって設定なんじゃないかな」

「だとしても普通は怒ると思います！」

「それは……きっと彼がもう過去にフラグを立てているんだよ。この子は恐らく、最初から好感度マックスのキャラ」

フィリルはそう答えながらゲームを進める。イリスが「フラグって何？」と深月に訊ねるが、深月も分からずに首を傾げていた。

「……あ、次のキャラが出たよ。今度はツンデレ委員長のパンツをいきなり覗いたみたい」

「モノノベ・ユウはどうしようもありませんわね……」

リーザが溜息を吐く。

「だから兄さんの名前で呼ばないでくださいっ」

文句を言う深月だが、フィリルは構わず選択肢を読み上げる。

「1・素直に謝る。2・パンツの柄を褒める。3・もう一度スカートを捲ってパンツを見る」

「今度こそ、1をお願いします」

強い口調で深月が言う。

「2と3は、まさに変態ですわね……。わたくしもさすがに、モノノベ・ユウがそこまで下劣な人間だとは思っていませんわ」

リーザの言葉にアリエラたちも同意する。

「そうだね、ここは謝らせてあげようよ」

「ん」

皆の意見にフィリルは少しつまらなそうな顔をしたが、特に抗弁はせず頷いた。

「……わかった。じゃあ1で——って、あー、指が滑ったー」

棒読みで声を上げながら、2番を選択するフィリル。

主人公がパンツの柄、質感を滔々と語り始めた。それを見て、深月は顔を覆う。

「兄さんは……兄さんは……こんな変態じゃありません」

「……あ、でもまた正解だったみたいだよ」

「へ？」

フィリルが深月の肩を叩く。深月が画面を見ると、そこには頬を染めたツンデレ委員長の姿があった。「たった一瞬見ただけで私の下着を正確に分析するなんて……只者じゃありませんね。あなたには私の夫となる資格があるようです」と言い、いきなりプロポーズまでされている。

「このゲームは、いったいどうなっているんですかっ⁉」

理解できないという様子で、頭を抱える深月。

フィリルはゲームのケースから説明書を取り出し、そのキャラクターの紹介を眺める。

「……ああ、このキャラは高級下着メーカーの令嬢なんだって。だからパンツを一瞬で見極めた彼のことを気に入ったんだと思う」

「そんな馬鹿なことって……」

深月はふらふらと立ち上がり、部屋の出入り口へと向かう。

「……もう帰っちゃうの？」

残念そうにフィリルは言うが、深月は疲れた表情で頷く。

「はい……これ以上見ていたら、色々と価値観がおかしくなってしまいそうです」

力のない声で答え、深月は自分の宿舎へと戻った。

そして翌朝、彼女は真剣な口調で兄に言う。

お願いですから、兄さんは変態にならないでくださいね――と。

◆ミドガルズ・デイズ5

「──何だか、珍しい組み合わせだね。ボクとイリスで見回りなんて」

夜の女子寮に低く抑えたアリエラの声が響く。

「う、うん……初めて、だよね」

少し落ち着きのない様子で頷くイリス。二人は消灯後の見回りを一緒に行っていた。

「はは、声が硬いよ。やっぱりイリスは、ボクのこと苦手？」

「そ、そんな、別に苦手じゃないよ。ただ、ちょっと緊張するだけで……」

「緊張、ね。まあ無理もないか。ボクは結構、キミに厳しかったから。足を引っ張らないでとか、色々言ったよね」

「でも……あたしのために厳しいことを言ってくれてたんでしょ？」

上目遣いでイリスが問いかけると、アリエラは苦笑を浮かべる。

「イリスのためが半分で、あとは自分のためかな。やっぱり、ボクも死にたくないからね」

「半分もあれば十分だよ。アリエラちゃんはすごく正直で、いい人だと思う」

「……そんなことを真正面から言われると照れるな」

気まずそうに視線を逸らし、頬を掻くアリエラ。

「アリエラちゃんって恥ずかしがり屋だよね。モノノベに褒められた時とかも、すっごく

焦ってるし」

「なっ……あ、あれは彼が誤解させるようなことを言うからで――それに、恥ずかしがり屋だって言うなら、レンの方がよっぽどだ」

「あ、そんなこと言ったらレンちゃん怒るかも」

イリスはそう言うと明かりの漏れた部屋を指差す。そこは扉が少し開いており、その隙間からレンがこちらをジト目で見つめていた。

レンとアリエラはルームメイトで、あの部屋はアリエラの住居でもある。

「わっ⁉ れ、レン、聞いていたのかい？」

「ん」

レンはこくんと頷き、扉を閉める。がちゃりと鍵の回る音が響いた。

「あーっ！ ごめんって、だから締め出さないでくれ！」

どんどんと扉を叩くアリエラを見て、イリスは提案する。

「今日は、あたしの部屋で寝る？」

「うう……そうさせてもらおうかな」

アリエラは肩を落とし、イリスの厚意に甘えることにするのだった。

◆ミドガルズ・デイズ6

授業と授業の間にある、短い休み時間。

手洗い場から出るタイミングが重なったティア・ライトニングとアリエラ・ルーは、一緒に教室へと戻っていた。

「ねえ、アリエラは何で自分のことをボクって言うの？」

並んで歩きながら、ティアはアリエラにいきなりそんなことを訊ねた。

「え？」

ティアと二人きりというタイミングがこれまでなく、内心少し緊張していたアリエラは、急な質問に慌てる。

「ボクって、普通は男の人が使う言葉じゃなかった？」

「あ、ああ、それはね——日本語を勉強した時、参考にしたのが日本のドラマや映画でさ。主人公が自分のことをボクって言っているものを最初の方に見て、それが移っちゃった感じかな」

微妙に早口で答えるアリエラ。

「直そうとは思わなかったの？」

「いや、最初はそう思ったんだけど……その一人称の方がボクらしいって言われてさ。だったら今のままでもいいかなって」

「じゃあ、やっぱりアリエラは女の子なんだ！」

胸の閊えが取れたような顔で、ティアが言う。

「って、まさか今まで男だって思ってたのかい？」

「ううん。女の子の服を着てるから、たぶん女の子だって思ってたの。でも自分のこと、ボクって呼んでて……ちょっと自信がなかったの」

「ちょっとでも疑われていただけでショックだよ……」

がっくりと肩を落とすアリエラ。

「まさか、物部クンにも疑惑を持たれていたりしないよね……水着姿も見せたからきっと大丈夫だとは思うけど……いや、でも……」

ぶつぶつと暗い顔で、アリエラは呟く。

「アリエラ？」

ティアが声を掛けても聞こえていない様子で、アリエラは深々と嘆息した。

「もうちょっと、女の子らしいところを見せた方がいいのかなぁ……」

◆ミドガルズ・デイズ7

ブリュンヒルデ教室に所属するティア・ライトニングは、一人だけ学習進度が違うため、授業中は基本的に初等教育用の教材をこなしている。

今日も彼女は机の上に計算ドリルを広げ、黙々と問題を解いていた。

ティアにとって勉強することは苦ではない。特に数字の問題は、難しくなるほど複雑なパズルのように見えてきて熱中する。

だがあまりに問題に集中していたため、うっかり肘で消しゴムを落としてしまった。

「あっ」

慌てて机の下を探すティアだが、見当たらない。すると彼女の前に、すっと手が差し出される。

「ん」

ティアの隣に座るレン・ミヤザワの手には、落とした消しゴムが乗っていた。彼女が先に見つけ、拾ってくれたようだ。

「ありがとうなの」

「……ん」

お礼を言うと、レンはこくりと頷(うなず)き、前に向き直る。

さらに次の授業中、力を入れ過ぎた鉛筆の芯がポキリと折れた。

「ん」

すると横から肩を叩かれ、レンがピンピンに削った鉛筆を差し出してくる。

「あ、ありがとうなの」

「……ん」

気にするなという風に首を振り、レンは教壇の方へ視線を戻した。

そして昼休み——皆と一緒に食堂へ向かいながら、ティアはレンに問いかける。

「レンは、どうしていつもティアをすぐに助けてくれるの？」

するとレンは顔を赤くした後、小型の携帯端末を取り出して素早く文字を打ち込み、それをティアに見せた。

「……お姉さん、だから？」

ティアがその文字を読み上げると、レンはこくんと頷く。

「そっか……レンはティアのお姉さんなんだ！」

嬉しそうにティアはレンに抱き付いた。

「……!?」

レンは耳まで赤くしながらも、小さく口元を綻ばせる。

それは滅多に見せない、ささやかな彼女の笑顔だった。

◆ミドガルズ・デイズ8

「……ふあ？」

ティア・ライトニングは、今日も柔らかな温もりの中で目を覚ました。

「すー……すー……」

「くー……くー……」

ベッドの上には彼女を挟むようにしてリーザ・ハイウォーカーとフィリル・クレストが眠っていた。

現在、ティアはリーザのルームメイトとして女子寮で生活している。フィリルの部屋は他にあるのだが、そこはほとんど書庫と化しているため、夜になると彼女はリーザの部屋にやってくるのだ。

そして何故か二つあるベッドの片方で三人集まって眠る。

フィリル曰く、その方が落ち着くらしい。

ティアもそれには同感だ。二人の柔らかな胸に挟まれているのはとても暖かくて、気持ちが安らぐ。

「今なら……触っても怒られないの」

ティアはリーザが寝息を立てているのを確かめてから、彼女の胸に顔を埋めた。

今では微かにしか覚えていない母親の温もりが甦るようで、ティアはリーザの胸を触るのが好きだった。

けれど彼女が起きている時に触ると「赤ちゃんみたいですわよ」と叱られてしまう。

なので遠慮なく、思いっきりリーザの胸に甘えられるのは、彼女が眠っている時だけだった。

「柔らかくて……あったかいの……」

双丘の谷間でぐりぐりと顔を動かす。

「あ……んっ……」

少しくすぐったかったのか、リーザが悩ましげな寝言を漏らした。

「こんなに大きいんだし……おっぱいも出るかもしれないの」

ティアは試しに手で彼女の胸を揉んでみる。

もみもみ。

「や……んぅ……」

もみもみもみもみ。

「……っく……あう……」

「……なかなか出ないの」

ふにゅふにゅと彼女の胸を揉みながら、ティアはどうすればいいか考える。

「そうなの！」

いいことを思い付いたという表情で、ティアはパジャマの上から胸の先端に顔を押し付けた。

「ちゅー」

「……んんっ⁉」

びくんとリーザが体を震わせる。

「わわっ……」

思いがけず大きな反応が返ってきて驚いたティアは、慌てて彼女の胸から顔を離した。

「よかった……まだ起きてないの」

リーザがまだ眠りの中にあることを確かめ、ほっと溜息を吐くティア。

「でも……起きちゃいそうだから、次はフィリルにするの」

ごろんと体の向きを変えたティアは、反対側で眠っているフィリルの胸にも顔を押し付けた。

「………むにゃ」

フィリルはリーザより深く眠っているようで、反応は薄い。

「フィリルの胸もおっきくて柔らかいの……」

幸せな心地でティアは呟く。彼女の胸は、リーザより少し張りが感じられた。

「……フィリルなら、おっぱい出るかもなの」

そう考えたティアは彼女の胸も揉み始める。

もみもみ。

「……………ん」

もみもみもみ。

「…………あ…………………くぅ……」

だがやはり何も出てくる気配はない。

「こうなったら、ちゅーちゅー作戦なの！」

意を決し、ティアは彼女の胸に吸い付く。

ちゅー。

「……や……んくっ……」

フィリルが微かに熱い吐息を漏らした。

ちゅー、ちゅー。

「あんっ……う……あうっ…………な、何？」

体を大きく震わせたフィリルが目を開ける。

「!?」

怒られると思ったティアはとっさに目を瞑り、寝たふりに入った。

「あ………ティアが寝ぼけてたんだ。もう……パジャマが濡れちゃってる」

「……どうしたんですの？」

フィリルの呟きでリーザも目を覚ましたらしい。

ティアはバレて叱られるのではないかとドキドキしながら、彼女たちの会話を聞く。

「あはは……ティアに、吸われちゃった」

「……どうやら、わたくしもやられたようですわ。パジャマが少し冷たいと思ったら……この子のせいだったんですね」

リーザが溜息を吐く。

「きっとまだ……母親が恋しいんだよ」

「それは分かりますが……彼女は少し甘えん坊過ぎると思いますわ」

「……そこが、可愛いと思うけど。ティアを見てると……いつか子供が欲しいなって気にならない？」

狸寝入りをしているティアの髪を撫でながら、フィリルがリーザに訊ねた。

「ま、まあ……そういうことを、たまに考えなくもないですが……」

「……ちなみに、その時は誰との子供を想像してる？」

「なっ……」

「ふふ……リーザ、顔真っ赤」

「か、からかわないでください！」

早朝の部屋に賑やかな声が満ちる。この中でなら目を覚ましても不自然ではないだろうと、ティアはそっと瞼を開けた——。

◆ブリュンヒルデ・ゲーマーズ3

「今日はいったい何の用でしょうか……」

　メールでリーザ・ハイウォーカーに呼び出され、ミッドガル学園の女子寮にやってきた物部深月(もののべみつき)は、廊下を歩きながら溜息を吐く。

　リーザの部屋まで来ると、扉の向こうから賑やかな声が聞こえてきた。

「あーっ！　ダメだよ、避(よ)けて避けて！　モノノベが死んじゃう！」

「っ……こんな攻撃で瀕死(ひんし)になるとは、だらしないですわよモノノベ・ユウ！」

　その内容を聞いた深月の顔から血の気が引く。

「ちょっ……皆さん、いったいに兄さんに何を――」

　慌てて扉を開けると、そこにはゲーム機が繋(つな)がれたテレビを囲む、ブリュンヒルデ教室の女子生徒たちがいた。

「あ、ミツキちゃん、こんばんはー」

　気楽な声で挨拶してくるのはイリス・フレイア。

「こんばんはなの！」

「やあ」

「ん」

ティア、アリエラ、レンもそれぞれ挨拶し、リーザはようやく来たかという顔で深月を見た。

「深月さん、遅いですわよ」

深月はその和やかな雰囲気を見て、大体の事情を悟る。

「はぁ……また何かのゲームをしていたんですね」

「うん、今日は３Ｄアクションゲーム」

コントローラーを握っていたフィリルが頷いた。

「何故か、兄さんの名前が聞こえたんですけど……」

「これ、エディットした主人公キャラで冒険できるゲームなの。だから物部くんを作ってみた」

「だからどうしてそこで兄さんを選ぶんですか……」

「だって、その方が盛り上がるし。見て、結構いい出来」

フィリルはメニュー画面に切り替えて、主人公の３Ｄモデルを表示させる。

「確かに……似てなくも、ないですね」

テレビ画面に顔を寄せ、唸る深月。

「……ですが、ちょっと目元が不満です。兄さんはもう少し、キリッとしてます。キリッと」

大事なことなので深月は二回主張する。

「そこは……用意されたパーツに限りがあるから。妥協して」

「仕方ありませんね。分かりました、とりあえずこのキャラクターを兄さんということにしてあげます」

「じゃあ、そういうことで冒険再開ー。物部くん、もう死にそうだけど」

見ると体力ゲージは三分の一以下で、赤く点滅している。

主人公キャラは息を切らして、今にも倒れそうだ。

「か、回復！　すぐに回復してください！」

「……このゲーム、モンスターを倒して肉を食べるか、木の実とかを採って食べないと、体力は回復しないの」

「この体力でモンスターと戦うのは自殺行為です。木の実を探しましょう」

竜伐隊隊長としての表情で指示を出す深月。

「……了解」

フィリルは指示通り、主人公を操作して森の中を探索する。

「あ、そこ、何か落ちてるよ」

アリエラが目ざとく地面に落ちていた紫色の果実を見つけた。

「では、早速丸かじり」

主人公はその果実を拾い、がぶがぶと三口で平らげる。

だがそこでパラパラと説明書を捲っていたリーザが、慌てた声を上げた。

「あっ、それ……敵を弱らせるための毒果実ですわよ」

「ええっ！　ユウ、ダメなの！　ぺってして！　ぺっ！」

ティアが画面の向こうへ叫ぶ。

だがもちろん一度食べたものを吐き出せるシステムなどはない。体力ゲージの横にドクロマークが表示され、ゲージが点滅しながら少しずつ減っていく。

「も、モノノベがフラフラだよ！　フィ、フィリルちゃん、毒消しとかないの？」

イリスが慌てながら訊ねる。

「……近くには、見つからない」

主人公を操作しながら答えるフィリル。

「では、仕方ありません。賭けではありますが……モンスターの肉で体力を回復し、時間を稼ぎましょう」

真剣な表情で深月は言う。

「わかった。うーん……あ、向こうに何かいる。名前は……ギガハイパーリザードだって」

ターゲッティングしたモンスターの名前をフィリルは読み上げた。

「な、何ですかその無暗に強そうな名前のモンスターは！」

驚く深月の服を、横からレンが引っ張る。

彼女が掲げた携帯端末には、文字が表示されていた。

『たまにしか現れない突然変異種。普通のモンスターより強い』

「れ、レンさん詳しいんですね」

「ん」

こくんと頷くレン。

深月は腕を組んで考える。

「できれば避けたい相手ですが――時間がありません。フィリルさん、やれますか？」

「……任せて」

ぐっと親指を立てて請け合うフィリル。

そして――死闘が始まる。

「頑張って、モノノベー！」

皆の応援する中、主人公は体力ギリギリでモンスターの息の根を止めた。

「は、早く、肉を！　肉を食べて兄さん！」

深月がフィリルの肩を揺らして叫ぶ。

「……ちょっと待って、今焼くから」

主人公はモンスターの肉を剝ぎ取り、火であぶり始めた。

「そ、そんな悠長な！　兄さんの命はもう風前の灯火なんですよ！」

「でもこのゲーム、肉は調理しないと食べられないの。生肉なんて食べたら、お腹壊すってことだね」

「に、兄さんの胃腸は生肉なんかに負けません！」

「そんなこと言われても……」

調理をしている間にも体力ゲージは減り続ける。

「ああ……死なないで……死なないで、兄さん！」

手を合わせ、祈り続ける深月。その祈りが届いたのか——残り1の時点で減少が止まった。

「き、奇跡です！」

「あ……どうやら毒ダメージでは死なないらしいですわよ」

感激する深月にリーザは水を差す。だが瞳を潤ませる深月の耳には届いていなかった。

調理した肉を食い、体力が全快し、毒からも回復する主人公。

「さすが希少種の肉……」

感心しながら呟くフィリル。

「フィリルさん！　次、私に代わって下さい。兄さんは私が生き延びさせてみせます」

瞳に決意の光を灯し、深月は手を差し出す。

「……分かった。物部くんを、任せるね」

「はい！」

意気揚々とゲームをプレイし始める深月。

その後、深月は皆が寝てしまっても深夜までゲームを続け——翌日、寝坊して兄に起こされるという不覚を取ることになるのだが……それを今の彼女は知る由もなかった。

◆ミドガルズ・デイズ9

「へえ……男の子って、こういうことも喜ぶんだ」

早朝のブリュンヒルデ教室――普段より早く目が覚めてしまったフィリル・クレストは、皆より先に登校し、教室で本を読んでいた。

「フィリルちゃん、今日は何の本を読んでるの？」

だがいきなり背後から声を掛けられ、フィリルはびくっと肩を竦める。

「えっ……い、イリス？　いつの間に……」

フィリルが振り向くと、そこにはクラスメイトであるイリス・フレイアが立っていた。

「さっきだよ？　おはよーって挨拶したじゃない」

「……集中してて、気付かなかった」

そう言いながら、フィリルはさりげなく読んでいた本を机の中に仕舞おうとする。

「どうして隠すの？」

けれどイリスは目敏くそれに気づく。

「その、別に隠したわけじゃ……」

ばれてしまったと、視線を逸らして言い訳するフィリル。

「も、もしかして――えっちな本⁉」

「ち、違うよ。男の人向けの本だけど……そういうものじゃない」

慌ててフィリルは否定した。

「男の人向け？　いつもはあんまりそういうの読まないのに、珍しいね」

「まあ……ちょっと、男の人の気持ちを知りたいなって」

「そうなんだ。色々分かった？」

イリスが興味深そうに訊ねるとフィリルは頷く。

「うん、まず……男の人は、大きな胸が好き。女の人の胸が少し当たるだけで喜ぶ」

「え？　ちょっと当たるだけでも？」

「そう……体のどこに当たっても、それだけでドキドキ」

きっぱりと断言するフィリル。

「ふうん、何だか可愛いね」

「うん、わりと」

フィリルはこくんと頷き、さらに本から発見した事柄を説明する。

「あとね——」

イリスはその話に耳を傾けながら「モノノベもそうなのかなぁ」と心の中で考えていた。

◆ミドガルズ・デイズ10

〝学園〟であるミッドガルには、様々な国の出版物が集められた図書館棟が存在している。その蔵書数はかなりのものだが、利用する生徒は少ない。

何か必要な資料があった場合でも、各個人の端末から図書館のデータベースに直接アクセスできるため、わざわざ足を運ぶ必要性が薄いのだ。

けれど、フィリル・クレストはよくこの場所を訪れていた。

「ふぅ……」

最後のページを読み終えたフィリルは息を吐く。ハードカバーの古い本を閉じ、彼女はしばらく読書後の余韻に浸った。

フィリルは図書館の本は館内で読むと決めている。貸し出しを行っていないわけではないのだが、自室にも大量の積み本があるため、あえて借りないようにしているのだ。

図書館には静寂が満ちている。

普段はフィリル以外に誰もいないことも珍しくないが、今日はもう一人図書館を利用している生徒がいた。

赤毛の小柄な生徒は分厚い学術書を机の上に置いて、真剣な表情で難解な図形や文字の羅列を読み進めている。

「――レン、そろそろ閉館時間だよ？」

邪魔するのは少し悪いかなと思いながらも、フィリルはクラスメイトのレン・ミヤザワに声を掛けた。

「ん」

するとレンは顔を上げ、ぱたんと本を閉じる。

「もういいの？」

「んっ」

こくんと頷き、レンは席を立った。

彼女は時々、希少な学術資料目当てに図書館へやってくる。恐らくはフィリルの次に、図書館をよく利用している生徒だろう。

基本的に物語しか読まないフィリルとは利用目的が違うものの、二人の間には何となく連帯感に近いものが芽生えていた。

読んでいた本を棚に戻し、顔なじみの司書さんに挨拶をして二人は図書館を出る。

眩しい夕陽に目を細め、フィリルはレンに話しかけた。

「ねえ、例の漫画の最新刊が届いたんだけど、読む？」

「ん！」

レンは顔を輝かせ、何度も首を縦に振る。

そうして二人は長い影を背に、帰路に就いたのだった。

◆ミドガルズ・デイズ11

「深月さん――わざわざ自分の宿舎にまで呼びつけて、いったい何の用ですの？」

日曜日、クラスメイトの物部深月にメールで呼び出されたリーザ・ハイウォーカーは、訝しげな様子で彼女に問いかけた。

「いえ……実は、ちょっと頼みたいことが――と、とりあえず、私の部屋に行きましょう」

玄関まで迎えにやって来た深月は、少し緊張した様子でリーザを自分の部屋に誘う。

「そういえば、彼はいるんですの？」

広い宿舎の中を歩きながら、リーザは辺りを見回した。この宿舎には、深月の兄である物部悠も暮らしているのだ。

「兄さんなら、今はトレーニングに出ています」

「トレーニング？」

「はい。密林の中で色々やっているみたいですよ。こういう時は、大体夕方まで帰ってきません」

常夏の島であるミッドガルで最も広い面積を有するのは、熱帯の植物が生い茂る密林だった。宿舎の裏手にも密林は広がっており、その中で深月の兄はトレーニングを行っているらしい。

「この暑い中で……物好きですこと」

窓から射し込む強い日差しに目をやり、リーザは呆れたように呟く。

「何だか、物足りなそうですね。リーザさん、もしかして……兄さんに会いたかったんですか？」

「そ、そんなわけありませんわ！　むしろ、いなくてホッとしたぐらいです」

顔を赤くして、視線を逸らすリーザ。

そんな話をしている間に、宿舎二階の深月の部屋に辿り着く。

「どうぞ」

「――お邪魔しますわ」

よく整頓された深月の部屋に入ったリーザは、テレビの前に置かれたソファに腰を下ろした。

「で、頼みというのは？」

リーザは、改めて深月に訊ねる。

「実は、その……練習相手に、なって欲しいんです」

恥ずかしそうに頬を染め、深月は小さな声で答えた。

「練習相手？」

「はい……あの、兄さんにしてあげたいことがあって……でも、いきなりは上手くできるか分からないので……」

もじもじと躊躇いがちに言う深月を見て、リーザは溜息を吐く。

「要するに、実験台というわけですわね。いいですわよ。引き受けてあげますわ」

その言葉を聞いた深月は安堵の表情を浮かべ、大きな自分のベッドを指し示した。

「ありがとうございます！　こんなこと、リーザさん以外には頼めなくて……で、ではまず、服を脱いでベッドに寝てもらえませんか？」

「なっ……服を？　し、しかもベッドに？　深月さんはいったい何の練習をするつもりなんですの⁉」

リーザは顔を真っ赤にして狼狽えるが、その反応を見た深月も赤面する。

「勘違いしないでくださいね？　私はただ、兄さんに少しでも気持ち良くなって欲しくて——」

「気持ち良く⁉　そ、そんな破廉恥な……」

裏返った声を上げたリーザは、自分の口元を手で押さえた。

「話を最後まで聞いてください！　私は、その、兄さんにマッサージをしてあげたいだけなんです！」

両手を振って、ようやく深月は目的を口にする。

「——え？　あ、ああ……マッサージの練習ですか」

リーザはほっとした顔で胸を撫で下ろした。

「トレーニングで疲れた兄さんにマッサージをしてあげたら、喜んでくれるかな……と」

照れくさそうに頷く深月。

「相変わらず、献身的ですわね。まあそういうことなら、わたくしで好きに試してくださいな」

リーザは溜息を吐いて服を脱ぎ、下着姿でベッドに寝そべった。

「で、では失礼して……」

うつ伏せのリーザに馬乗りとなり、深月はマッサージを始める。

「んっ……あ……なかなか上手いですわよ」

深月が腰をほぐすと、リーザは気持ち良さそうな声を上げた。

「本当ですか？　じゃあ次は肩甲骨の辺りを……あ、ここは結構凝ってますね」

「ええ……胸が重くて、肩の付近はよく凝るんですの。その点、深月さんはスレンダーで羨ましいですわ」

その言葉に深月の動きが一瞬止まる。

「──深月さん？　どうかしましたか……って、痛たたっ！　少し強いですわよ！」

凝った部分をぐっと強く指で押され、リーザが足をバタバタさせた。

「いえ、ここの凝りは相当なもののようですから、強すぎるぐらいがちょうどいいかと」

「だ、だから痛いですって！　深月さん、止めてください～」

悶絶するリーザを押さえ込みながら、深月は容赦なくマッサージを続ける。

「ふぅ…………まあ、このぐらいでいいでしょう」

そしてようやく深月が手を止めると、リーザがよろよろと身を起こす。

「――やってくれましたわね。では、次はわたくしの番ですわ」

手をわきわきと動かしながら深月ににじり寄るリーザ。

「え？　わ、私は別にいいです」

「問答無用！　さあ、服をお脱ぎなさい！」

「ひゃっ！　ちょっとリーザさん、目が怖いですよ⁉」

強引に服を剝ぎ取られ、深月はベッドに押し倒される。

「ふっふっふ、悲鳴を上げるほど気持ち良くしてあげますから、覚悟してください」

「や、やめ……あんっ……や……あうっ……きゃあっ――」

深月のあられもない悲鳴が響く。

そしてその声は、宿舎裏手の密林でトレーニングしていた兄の元まで、ほんの微(かす)かに届いていた。

急いで駆け戻って来た彼に下着姿で絡み合っている場面を目撃されてしまうことを、今の彼女たちは知る由もない。

◆ブリュンヒルデ・ゲーマーズ4

「第四回、ブリュンヒルデ教室、女の子限定ゲーム大会にようこそー」

夕食後にリーザの部屋へ呼び出された物部深月を出迎えたのは、満面の笑みを浮かべたフィリル・クレストだった。

リーザの部屋には、ブリュンヒルデ教室の女子生徒たちが全員集合している。にこやかに手を振ってくる彼女たちの姿を見て、深月は溜息を吐いた。

「何となく予想は付いていましたが……またですか」

「うん、またまた面白そうなゲームが手に入ったから、皆を集めたんだ」

ゲームのコントローラーを握って出迎えたフィリルが、得意げにテレビを示した。

そこには色数が少ないドットで表現されたゲーム画面が映し出されている。

「これはずいぶん、古そうなゲームですね……」

「古いけど、名作なんだよ？　すっごく奥が深いの」

フィリルはそう答えるとコントローラーを深月に手渡す。

「ええと、まずはどうすればいいのでしょう……」

「これは自分で作ったキャラクターで、ダンジョンを攻略していくゲームなんだ。パーティは六人まで組めるから、深月もキャラを作って」

「けど、六人だと枠が足りなくありませんか？」

深月は部屋にいる他のクラスメイトたち――リーザ、レン、アリエラ、イリス、ティアを見る。深月とフィリルを加えると七人なので、誰かがあぶれる計算だ。

けれど何故かリーザたちは、どんよりとした雰囲気を纏っており、深月の言葉に反応しない。

「ああ、気にしないで。実を言うと深月が来る前に少しプレイして、私以外全滅したところだから」

「ぜ、全滅？」

「そう、このゲームはキャラのＨＰが尽きたら、普通に死ぬから注意して」

にっこりと微笑んでフィリルは言う。

「な、なかなかシビアなゲームなんですね」

ごくりと唾を呑み込み、とりあえず自分の名前を付けたキャラを作り始める深月。

「ランダムで与えられるボーナスポイントをステータスに割り振って、その後に職業を決めるの」

「じゃあ……私は魔法使いで」

深月はフィリルの指示に従って、キャラの作成を終えた。

「うん、これでパーティは二人。あと四人空きがあるけど……誰かリベンジしたい人、いる？」

フィリルが皆に訊ねると、リーザ、イリス、ティアの三人が手を挙げる。

「負けたままでは終われませんわ」

「今度こそ負けないもん！」

「ティアがやるの！」

だがアリエラとレンは、まだ意気消沈した様子で首を横に振った。

「ボクはもういいよ。自分の名前を付けたキャラがロストするのは、なかなか辛いものがあるしね……」

「んぅ」

アリエラの言葉に頷くレン。

「こうなると、枠が一人余っちゃうね。じゃあ、ここはやっぱり……」

フィリルはそう呟くと、自分のキャラを作り終えたティアに近づく。

「ねえ、ティア。物部くんのキャラを作ろうか」

「うん！　ティアもユウと一緒に冒険したいの！」

頷き、さっそくキャラクターエディットを始めるティアだったが、ボーナスポイントが表示された時点でフィリルは首を横に振った。

「ダメ、やり直し」

「どうして？」

「ボーナスポイントはランダムで決まるの。せっかくだから物部くんは高いボーナスポイントが出るまで粘って……すっごく強いキャラにしよう」

真剣な表情でフィリルが言うと、ティアは首肯する。

「分かったの。ティアがユウを強くする！」

「──ティアさん。兄さんがこの先で生き残るために、しっかりお願いしますね」

話を聞いていた深月は、祈るようにティアの肩へ手を置いた。

そうして、長き戦いが始まる。

「これ、なかなかいい数字なんじゃないですか？」

「ダメ。理論上はまだまだ上がある」

通常より遥かに多いボーナスポイントが表示されて喜ぶ深月だが、フィリルが冷静に首を横に振る。

「ティア、もっと頑張るの！」

ティアはめげずにエディットを続ける。

「もうそのぐらいにして、早く始めませんか……？」

リーザが呆れた顔で言うが、フィリルたちは聞く耳持たない。

「モノノベは弱くってもモノノベだよ。そんなに何度も作り直さなくても……」

イリスは別の意味で抵抗があるようだったが、深月は真面目な顔で首を横に振る。

「イリスさん、耐えて下さい。兄さんには強くなってもらわねばならないんです。私は……兄さんが死ぬところなんて、見たくありませんから」

「深月ちゃん……」

手を握り合うイリスと深月。

そんな彼女たちの後ろでアリエラはあくびをする。

「何だか眠くなってきたよ……」

「……くー」

「って、レンはもう寝てるし」

睡魔に敗れる者が現れる中、ティアたちは黙々とキャラ作成を続けた。

そして――。

「来た……ほぼ最高値っ」

フィリルが歓声を上げる。

「ティア……頑張った、の」

眠い目を擦りながら、ティアは安堵の息を吐いた。

「私たち、やり遂げたんですね……」

「モノノベが強いね、すっごく強いね……」

深月とイリスは感動した様子で喜び合う。

「やっと終わったんですか……ようやく冒険が始められますわ」

うんざりした様子でリーザが溜息を吐いた。アリエラとレンはとっくに寝てしまっている。

「そうだね……でも――」

頷くフィリルだったが表情を曇らせる。

「できれば兄さんには……危険な場所へ行って欲しくありませんね」

「ユウが死んだら、ヤなの……」

深月の呟きに、ティアが同意した。

「ねえ、モノノベは街に残ってもらおうよ」

「そうですね、それがいいと思います」

イリスの提案に頷く深月。

だが、それを聞いたリーザは叫ぶ。

「あなたたちはいったい何のために、膨大な時間を掛けたんですか！」

「そんなこと言われても……やっぱり兄さんが心配ですし。というか、どうして冒険に出なければならないんでしょう……」

深月が疑問を呟くと、イリスはこくこくと頷いた。

「そうだよ。街で暮らした方が安全だし、幸せだと思う」

「――うん、それも一つのエンディング……かな」

柔らかく微笑むフィリルだったが、リーザはジト目で彼女を睨む。

「何をそれっぽく纏めてるんですか！　わたくしの時間を返してください！」

リーザの悲痛な叫びが響く中、彼女たちの冒険は幕を下ろしたのだった。

◆ミドガルズ・カーニバル外伝1

学園祭、二日目。

今日は丸一日自由行動となったイリス、フィリル、アリエラ、レンの四人は、来賓者も行き交う賑やかな校内を歩いていた。

「ねえねえ、次はどこに行く？」

イリスが顔を輝かせて皆に問いかけると、パンフレットを見ていたフィリルが顔を上げる。

「ゲルヒルデ教室は〝占いの館〟をやっているみたい」

「占いか。ボクはそういうのやってもらったことないから、興味あるな」

横からパンフレットを覗き込み、アリエラが言う。

「ん」

レンもアリエラに同意し、こくりと頷いた。

「じゃあ、ゲルヒルデ教室に出発！」

イリスは手を挙げて宣言し、ゲルヒルデ教室へと向かう。

〝占いの館〟は窓に暗幕を垂らし、それっぽい装飾が施されているだけで、イリスたちの教室と作りは変わらない。

人気なのか、入り口には多くの女子生徒たちが並んでいた。

「うわ、すごい列」

フィリルが長蛇の列を眺めて言う。

「そんなに当たるのかな……」

驚きながらイリスは呟いた。するとレンが横から彼女の服を引っ張る。

「どうしたの、レンちゃん？」

「ん」

入り口の看板を指差すレン。そこには〝占いの館！　恋の運勢、占います〟と大きく描かれていた。

「どうやら、恋占い専門みたいだね」

アリエラが呟くと、イリスたちは顔を見合わせる。

「で、でも恋って……ミッドガルにはモノノベしか、男の人いないよね？」

あたふたとイリスが言うと、フィリルも少し頰を染めた。

「そ、そうだけど……故郷に想い人がいたりとか、女の子同士とかっていう可能性もあると思う」

「ああ、そっか。あたし、てっきり皆がモノノベとの運勢を占っているのかと思っちゃった！」

明るく笑うイリスだったが、周囲に気まずい沈黙が落ちる。占いの館に並んでいた女子生徒たちも、居心地悪そうに視線を逸らしていた。

「えっと、列ができてるし……ここは後回しにしたらどうかな？」

空気を読んだアリエラが提案すると、イリスたちは「そ、そうだね！」と頷く。

そのままゲルヒルデ教室を離れる彼女たちだったが、イリスは少し名残惜しそうに振り返った。

「……ちょっと、占ってもらいたかったなぁ」

◆ミドガルズ・カーニバル外伝2

学園祭の二日目――自由行動中のイリス・フレイアは、オルトリンデ教室の前で足を止めた。

「見て見て！　写真展だって！」

一緒に出し物を見て回っていたフィリル、アリエラ、レンの三人は、イリスに少し遅れて立ち止まる。

「へえ、オルトリンデ教室は展示発表にしたんだね」

「こういうのも、面白そう」

アリエラの言葉に同意するフィリル。レンも「ん」と頷いた。

教室の中に入ると、写真が展示された室内は女子生徒たちで溢れている。

「……思ったよりも、混んでるな」

アリエラが意外そうに呟いた。

「何が、そんなに人気なんだろ？」

不思議そうに視線を巡らせるフィリル。

展示されている写真はミッドガル内で撮影された写真ばかりだ。どれも美しいが、これほどの集客力があるようには思えない。

「あ、奥の方に何かあるみたい」

イリスが特に女子生徒たちの集中している場所を指差す。

そちらに向かってイリスたちは人波を掻き分けて進んでいった。

「んんー……」

レンは押し流されぬよう、アリエラの手をぎゅっと握る。

そうして辿り着いた場所には、予想外のものが展示されていた。

「二日目限定の特別展示、悠様特集？　何だい、これは……」

パネル上部に設置されたキャプションを読み上げたアリエラは、呆れた声を零した。

「わあ、モノノべの写真ばっかり！」

展示されている写真を見たイリスが、驚きの声を上げる。

どこで撮られたものか、奥のパネルには物部悠が写った写真ばかりが飾られていた。

「こんなの、いつの間に……」

フィリルは半ば感心した様子で呟く。

「ん」

くいくいとレンがフィリルの袖を引っ張り、一際注目を集めている写真を指差した。

「こ、これは――」

声を震わせ、その写真に目を奪われるフィリル。

そこには夕日をバックにした水着姿の物部悠が写っていた。

「あっ、これいいね！　欲しいなぁー」

その写真を見たイリスが、ほうっと溜息を吐く。すると彼女の背後からサングラスとマスクで顔を隠した怪しげな女子生徒が近寄ってきた。

「……お客さん、展示している写真のポストカードセット。お安くしときますよ？」

「え、ホント？　じゃあ買う！」

即答するイリスに続いて、フィリルも躊躇いがちに手を挙げる。

「あの……私も」

そうして商売上手のオルトリンデ教室の売り上げは、学園祭トップを記録したのだった。

◆ミドガルズ・カーニバル外伝3

学園祭一日目、夜。ミッドガル学園の生徒会長である物部深月は、自クラスの出し物の準備を手伝った後、懐中電灯を手に校内を見回っていた。

火の不始末がないかを特に注意して各クラスを巡っていた途中、彼女は何者かの囁き声を耳にする。

「……？」

声が聞こえてくるのは、屋上に通じる階段の踊り場から。

深月は足音を殺し、そちらへ向かった。

「くくく……お主もワルよのぉ」

「いえいえ、貴方様ほどでは」

露骨なまでに怪しげな会話が耳に届き、深月は顔を顰める。

――誰かは知りませんが、風紀を乱す行為をしているなら止めないと。

覚悟を決め、深月は現場へと踏み込んだ。

「そこっ！　いったい何をしているんですか⁉」

懐中電灯の光を向け、鋭く詰問する深月。

丸い光の中に浮かび上がるのは、二人の少女。

一人はサングラスとマスクで変装し、もう一人は眩しさに顔を背けている。

「ひいっ！　深月会長⁉　ごめんなさい、ごめんなさい！」

サングラスの少女は悲鳴を上げて手に持っていた何かを放り出し、逃亡を図った。

「あっ、待ちなさい！」

深月は階段を駆け下りて行く彼女を追おうとするが――その手を残った少女が摑む。

「行けっ！　ここは私が食い止める！」

「恩に着ます！」

深月が足止めされている間に、サングラスの少女は駆け去ってしまった。

「ふう……何とか逃がせたか」

安堵の息を吐く少女だったが、今度は深月が彼女の手を摑む。

「あなたの方は、逃がしませんよ。ここで何をしていたのか白状してもらいますから。って――え、学園長？」

懐中電灯で彼女の顔を照らした深月は、動きを止める。

そこにいたのはミッドガルの最高責任者、シャルロット・B・ロード学園長。

彼女は気まずそうに頰を搔き、言い訳を始めた。

「いや、別に、その……やましいことをしておったのではないぞ？　学園長として生徒との親睦を深めていただけで……」

「…………こんな場所で人目を避けて、やましいことがないというのは無理があると思いますが」

学園長相手なのであまり強くは出られないが、それでも鋭い追及を行う深月。

その視線が床に散らばった物の方に向く。

「これは……写真？　今時こんなにたくさんプリントしたものを持ち歩くなんて珍しいですね」

「いや、今はデータチェックが非常に厳しくてな。プリントアウトしたものを取り引きした方が発覚しにくいのだ――と、しまった！」

得々と語る学園長は、慌てて自分の口を塞ぐがもう遅い。

「取り引き……？」

深月は落ちていた写真を拾い集め、写っているものを確認した。

「学園祭で撮られた女子生徒の写真ですか。アングルが妙に際どいですが……本人に許可は取ったんですか？」

「いや、その……」

動揺しながら視線を逸らす学園長。

「勝手に撮ったものなら、没収させていただきます。学園長とはいえ、風紀を乱す行いは見逃せませんから」

「ま、待て！　私は別に、学園祭で着飾った乙女たちの姿を蒐集しようとしたわけではなく、あくまで貴重な記録として――」

「学園長、語るに落ちてますよ」

呆れを隠さずに深月は溜息を吐く。

「頼む！　せめて……あやつの写真だけでも返してはくれんか？」

学園長は写真をポケットに入れようとする深月の手を摑み、懇願した。

「あやつ？」

「そなたの兄のことだ」

「兄さん？　けど、写真に写っているのはどれも女子生徒ばかりで……」

途中で深月の言葉が途切れる。彼女がじっと見つめる一枚の写真を、学園長は横から素早く奪い取った。

「どうだ？　なかなかよく撮れているであろう？　思いがけず私好みで、不覚にも胸が高鳴ってしまった。業務に追われて直接見られなかったのが悔やまれる」

「確かに……角度などもあるのでしょうが、綺麗に写っていますね」

学園祭一日目は女装して過ごさざるを得なかった兄の姿を眺め、深月が言う。

「なれば！」

「けど、没収です。盗撮はいけません」

「ああ……殺生な」

がっくりと肩を落とす学園長。

それを見た深月は少し申し訳ない気持ちになり、躊躇いがちに口を開く。

「――そんなに落ち込まないでください。兄さんに事情を話してＯＫがもらえたら、お返しいたします」

「本当か⁉　いや、だが……あやつが認めるとは思えぬ」

「大丈夫です。私に任せてください。絶対にＯＫを貰ってみせますよ」

深月は笑顔で請け合い、胸の内で付け加える。

――だって、私も欲しいですから。

◆ブリュンヒルデ・ゲーマーズ5

「――あなたたちは、戦うというのですね？」

リーザ・ハイウォーカーは重々しい口調で自室に集まったクラスメイトたちに問いかける。

「うん、あたし戦う！」

ぐっと拳を握りしめて頷くのは銀髪の少女イリス・フレイア。

「ティア、ユウと一緒に学園祭を回りたいの！」

「私だって、物部くんと遊びたい。だから、譲れないよ」

ティアとフィリルも頷き、真剣な眼差しでリーザを見つめた。

「ボクとレンは、別に一日目の当番で構わないよ」

「ん」

ベッドの縁に寄りかかって座るアリエラとレンは、戦いを辞退する。

「――二日目の当番は家族の都合もあり、私と兄さん、リーザさんの三人が既に決まっています。残る枠は一つ。それをイリスさん、ティアさん、フィリルさんで争うわけですか」

深月が状況を整理すると、リーザが首肯を返した。

「そうなりますわね。フィリルさん、三人で同時に対戦できるゲームはありましたか？」

訊ねられたフィリルは、持参した紙袋の中をごそごそと漁る。

「えっと……これなら、四人まで戦える」

取り出したゲームソフトを見せてフィリルは言った。

「それはどんなゲームなんですの？」

「物件を買って、資産を増やしていくのが目的のすごろくゲーム、かな。こういうのは色々なバージョンが出てるけど、これは太陽系版だね」

「た、太陽系？」

戸惑いの声を上げるリーザ。

「そう、太陽系が開発された未来が舞台。サイコロを振って、その分だけ銀河鉄道を進めていく感じ。止まったマスによってお金が貰えたり、減ったり、攻撃アイテムが手に入ったりもする。目的地の惑星がランダムで決まって、そこに到着するとお金がたくさんもらえるの」

フィリルは淡々と説明をする。

「——規模が無駄に大きいですけど、まあいいでしょう。基本がすごろくであるなら、運次第というわけですし」

リーザはそのゲームを勝負に使うことを認め、セッティングを行う。

「……リーザも手慣れてきたね」

てきぱきとソフトに対応したハードを出し、コードを繋ぐリーザを見て、フィリルがぽそりと呟いた。

「そ、それはフィリルさんがいつもわたくしのところへゲームを持ってくるからでしょう！」

　顔を赤くして言い返しながらもリーザは準備を終え、イリス、ティア、フィリルにコントローラーを持たせた。

「では、皆さん。勝負を開始してください！」

「うん！」

「負けないの！」

「……頑張る」

　イリスたちは瞳に真剣な光を灯し、太陽系すごろくゲームを始めた。

「まずはあたしから……あ、地球エリアからスタートなんだ。最初の目的地は火星かあ」

　そう言いながらゲーム画面上でサイコロを振るイリス。出た目は2。

「ああ、大気圏を出られなかったよー。でもちょっとだけお金が貰えた！」

　ほんの少しだけ増えた資金を見て喜ぶイリス。

「次はティアの番なの！」

　気合を入れてティアはコントローラーを握りしめる。

「あっ、6が出たの！　月まで行けた！　えっと……月のウサギ饅頭屋さん安いし買えそう……物件ゲットなの！」

早速月の物件を購入したティアに続き、フィリルがサイコロを振る。

「私は、4。アイテムマスで攻撃カードゲット。ブラックホール発生装置だって」

「い、いきなりとんでもないアイテムを引き当てますわね」

横で見ていたリーザが、表情を引きつらせた。

「皆と離されないよう頑張らなくちゃ。えいっ！」

二巡目が回ってきたイリスはサイコロを振るが、出た目は1。

「えーん、まだ衛星軌道だよー」

イリスはがっくりと肩を落とす。

「ティアが皆を引き離すの！」

再び6を出したティアが、さらに差を広げた。

「むむ……ティアさん、運いいね」

悔しげな顔をしながらフィリルはサイコロを振る。

「また4……月のデブリ帯で月見うどん屋ゲット」

少し不満げな様子で物件を買うフィリル。

そうしてゲームはテンポよく進んでいく。

五巡目――皆を置き去りにして火星に辿り着いたのは、ティアだった。

「やったの！　火星一番乗り！　お金たくさん！」

増えた資金で火星の物件を買い占めてしまうティア。

総資産は一気にトップとなり、フィリルとイリスは焦りの表情を浮かべた。

「このままだと負けちゃう……しかも次の目的地は木星。ティアが一番近い。イリス、こうなったら手に入れたカードで攻撃しよう。そうしないと追いつけないよ」

真剣な表情でフィリルはイリスに言う。

「わ、分かった！　っていうか、あたしの銀河鉄道の後ろに変なの付いてるんだけど！」

「ああ、それは超銀河ビンボーゴッド。誰かが目的地に入った時、最下位の人に取り憑くの。自分の順番が回ってくるごとに悪さをするから気を付けて」

「ええっ！　ああ、勝手にコロニートマト農園が売られちゃった！」

「自分が目的地に着くか、誰かを追い抜けば、ビンボーゴッドは移動するよ」

「そうなの？　じゃあ頑張ってティアちゃんを足止めしないと」

イリスは頷き、これまでにゲットした攻撃用カードを使用した。

「えいっ！　星間砲、発射！」

イリスの銀河鉄道からレーザーが放たれ、火星マスにいるティアへと向かう。

「ふふん、ティアにはそんな攻撃効かないの！」

だがティアの所持していた防御カードが発動した。

「レーザー湾曲リング⁉　わ、こっちに飛んできた！」

イリスの放ったレーザーは途中で軌道を変え、フィリルに直撃してしまう。

「これでフィリルが三回休みなの！」

「ご、ごめんね、フィリルちゃん……」

申し訳なさそうにイリスが謝る。

フィリルが動けない間にイリスは彼女を抜き、超銀河ビンボーゴッドは移動した。

「……び、ビンボーゴッドまで。こうなったら、最終手段」

ようやく行動可能になったフィリルは、据わった目で呟いた。

「ブラックホール発生装置は、全員をブラックホールに呑み込んでランダムに位置を移動させるの。覚悟してね」

「えっ⁉　ティアもうすぐゴールなのに⁉」

木星のすぐ傍まで到達していたティアが、悲鳴を上げる。

「ふふふ……闇に、呑まれよ」

「フィリルさん、何だかキャラが変わってますわよ」

ツッコむリーザに構わず、フィリルはブラックホール発生装置を使用した。

その途端、画面は黒い渦に呑み込まれ、全員の銀河鉄道がランダムの位置に飛ばされる。

しかし——。

「あっ、ティアがゴールなの！」

「え……？」

木星に移動したティアが歓声を上げ、フィリルは呆然とする。

「うわーん、あたし地球に戻ってきちゃったー」

振り出しに戻ったイリスはがくりと崩れ落ちた。

どうしようもないほどに差は広がり、勝負は決する。

「学園祭はユウと一緒なの！　それにリーザも！」

喜んで飛びついてきたティアを抱きしめ、リーザは彼女の頭を撫でた。

「そうですわね——ティアさん、学園祭を一緒に楽しみましょう」

◆スクール・ウォーズ上

「――第一班は進路の確保、第二班は作戦区域に近づく者に警戒してください」

休み時間、教室。耳に付けた通信機を通して誰かと連絡を取り合っている深月(みつき)。

それを見たイリスは、不思議そうに首を傾(かし)げて深月へ近づいていく。

「深月ちゃん、何してるの？」

「生徒会の業務です」

ちらりとイリスの方を見て、深月は短く答えた。すると通信機から微(かす)かな声が漏れ聞こえてくる。

『会長！　緊急事態発生！　オルトリンデ教室所属の一団が時計塔の職員室から退室。このままでは渡り廊下で物部悠(もののべゆう)と接触します！』

その報告を聞き、深月の顔色が変わった。

「至急通路を封鎖し、その一団を迂回(うかい)させてください。偽装清掃表示の使用を許可します」

『了解！』

緊迫した空気にイリスはたじろぐ。

「あの……今、モノノベの名前が聞こえたけど？」

イリスが躊躇(ためら)いがちに問いかけると、深月は溜息(ためいき)を吐(つ)いた。

「今――兄さんはトイレに行っていますよね？」

「あ、うん。男子用のトイレは校舎内にないから、わざわざ時計塔まで……」

深月の言葉に頷くイリス。

「私は学園の風紀を保つため、兄さんが移動中に他クラスの女子生徒と出会うことがないよう、ルートの管理を行っています」

「へ？」

イリスは目を丸くする。

「私たちの誰かが傍にいれば、過度な接触を図る生徒はいません。しかし兄さんは今、一人きりです。もしも女子と出会えば、何が起こるか……」

憂いの表情を浮かべ、深月はイリスに不安を語った。

「そんなに心配なら、ついていけばいいのに」

「遠くにある男子トイレまで同行するのは、どう考えても不自然です。それに兄さんに窮屈な思いはさせたくないので、あまり付き纏いたくはありません」

「それで裏から手を回してるんだ……生徒会って、大変なんだね」

イリスは苦笑するが、ふと何かを思いついた様子で言葉を続ける。

「あ――でも、モノノベを監視してる生徒会の子たちが、ちょっかい出したりはしないのかな？」

「その心配はありません。生徒会特務隊は、男子には興味がない生徒を選抜しましたから」

さらりと答える深月。

「あ、はは……そうなんだ」

イリスは引き攣った笑みを浮かべながら、聞かなかった方がよかったかもしれないと少し後悔していた。

◆スクール・ウォーズ下

赤い斜陽の光が差し込む、夕方の生徒会室には、甘い香りが漂っていた。

「──皆さん、お疲れ様でした」

物部(もののべ)深月は、居並ぶ女子生徒たちに労(ねぎら)いの言葉をかける。

「深月会長もお疲れ様です！」

忠実な彼女の部下たちは、声を揃(そろ)えて返事と共に敬礼をした。

「それでは、今日のご褒美です。明日もよろしくお願いしますね」

深月は机の上に置かれた小さな包みを身振りで示す。途端に少女たちは「きゃー！　ありがとうございます！」と歓声を上げ、包みを手に取った。

和気藹々(わきあいあい)と声を弾ませ、生徒会室を出ていく少女たち。

そして深月一人が残されるが、そこに一人の生徒が扉を開けて入ってくる。

「今のが噂(うわさ)に聞く生徒会特務隊ですか」

現れたのは、深月のクラスメイトであるリーザ・ハイウォーカー。

彼女は金色の髪を掻(か)き上(あ)げ、執務椅子に座る深月に話しかけた。

「ええ、学園の風紀を保つために働いてくれている精鋭です」

「誰よりも会長に忠実な生徒たちと聞いていましたが……先ほど、その理由を把握しましたわ」

　肩を竦め、リーザは言葉を続ける。

「彼女たちが持っていた小さな包み……あれは深月さんお手製のスイーツですわね」

「はい、よく分かりましたね」

「とてもいい匂いが漂っていましたから。彼女たちは、深月さんの絶品スイーツに餌付けされていたわけですか」

　リーザはそう答えながら、生徒会室の中を眺め回した。

「それで、リーザさんは私に何のご用でしょう？」

　深月に問いかけられたリーザは少し動揺した様子で答える。

「い、いえ、わたくしはその……職員室へ行った帰りに生徒会室の前を通りかかっただけで……そうしたらちょうど特務隊の方々が出てきて――」

「つまり、彼女たちが持っていたスイーツの香りに釣られたと。残念ながら、ここにはもうありませんよ」

「そ、そうですの……い、言っておきますが、わたくしは別にスイーツが欲しくて来たわけじゃありませんわよ！」

　残念そうに溜息を吐いた後、リーザは顔を赤くして言い訳した。

「あ、けど、教室の鞄には自分と兄さん用のものが残っていました」

「え？」

リーザは顔を輝かせるが、スイーツが欲しいわけではないと言ってしまった手前、言葉を翻すにはプライドが邪魔をする。

「むむむ……」

難しい顔で唸るリーザを見て、深月は苦笑を浮かべた。

「兄さん用のものはダメですが、私のものなら半分あげますよ」

「本当ですの⁉ あ……その、くれると言うのなら、貰ってあげてもいいですわ」

「はい、食べていただけると嬉しいです」

まだ強がるリーザと共に、深月は生徒会室を後にしたのだった。

◆エメラルド・テンペスト外伝1

皆で赴いた遊園地――その中で大きな存在感を放つ垂直落下式のアトラクション。

その前で、フィリル・クレストは呆然と呟く。

「リーザ……本気で、これ乗るの？」

「もちろんですわ。レンさんやティアさんは怖くて無理だということでしたので、皆さんが休憩中にわたくしたちだけで乗ってしまいましょう」

生き生きとした表情で頷くリーザに、フィリルはジト目を向けた。

「何でそこで私を付き合わせるのかな？」

「それは当然、普段のお返しですわ。わたくしがホラーを苦手にしていることを知っていて、フィリルさんは怖いゲームや映画を見せてくるじゃないですか」

「だって……リーザの反応が面白くて、可愛いし」

バツが悪そうに答えるフィリル。

「ですから今回は、フィリルさんの可愛いところを見せてください。逃げるのは許しませんわよ」

リーザが釘を刺すと、フィリルは諦めの息を吐く。

「……分かった。一回だけ、付き合う」

「それでいいんです。では、参りましょう！」

フィリルの手を引き、リーザは意気揚々とアトラクションに向かった。

順番が来てシートに座ると、フィリルの顔が蒼白になる。

「フィリルさんは本当に絶叫系が苦手なんですわね。わたくしにしてみれば、ホラーの方がずっと怖いのですけれど」

リーザは不思議そうに呟くが、もはやフィリルに答える余裕はなかった。

そしてアトラクションが動き出す。まずは凄まじい勢いでの垂直上昇。そして頂点からの垂直落下。

「きゃあああああああああっ⁉　浮く、浮くっ⁉　落ちるぅぅぅ⁉」

本気の悲鳴を上げるフィリルの隣で、リーザは楽しげな歓声を上げている。

「最高ですわーっ‼」

上昇と降下は一度で終わらず、何度も繰り返され――ようやくアトラクションが止まった時、フィリルはもはや声すら上げられなくなっていた。

「うう……」

アトラクションから降りた後、フィリルは無言でリーザに抱き付く。

「……くすん」

胸に顔を埋めるフィリルを見て、リーザは苦笑を浮かべた。

「フィリルさんが、わたくしをからかう理由が少し分かりました。確かに……可愛い反応ですわね」

　よしよしとリーザはフィリルの頭を撫でる。

「リーザなんて……嫌い」

「わたくしは、フィリルさんのことが好きですわよ？」

「むー……」

　フィリルは不満げに頬を膨らませた後——小さく「私も」と答えたのだった。

◆エメラルド・テンペスト外伝2

「ついに……ついにやってきた」

ぐっと拳を握りしめ、フィリルは言う。

遊園地からの帰り道――不測の事態などもあり本当は早く戻らなければならないのだが、フィリルの強い希望で、ブリュンヒルデ教室の一同は、とある電気街へと立ち寄った。

「ここが……ここが、あの秋葉原(あきはばら)――」

「フィリルさん、あまり時間はありませんよ？　自由時間は一時間。その後、駅前に集合です」

喜びに打ち震えるフィリルへ、深月(みつき)がスケジュールを伝える。

「なら、一秒も無駄にできない……私、行ってくる！」

皆を置いて駆け出すフィリル。

「あっ、待ってください！　わたくしも一緒に行きますわ！」

フィリルを一人にするのは色々な意味で危険と察したリーザが、彼女を追いかけた。

「……来てもいいけど、リーザには少し刺激が強いかもしれないよ？」

横に並んだリーザに、フィリルは意味深な台詞(せりふ)を投げかける。

「刺激的って……フィリルさんの趣味なら、もう既に知っていますわよ」

　呆れた顔で溜息を吐くリーザ。

「ううん、リーザが見たのはほんの表層。私のコレクションには……もっと奥がある」

「な――あれよりも、まだ……」

　頬を赤くし、リーザはたじろぐ。

「ついてこれる？」

「……たぶん無理なので、わたくしは荷物持ちに徹しますわ」

「リーザは潔い。たぶん、それが正解」

　妖しく笑ったフィリルは、リーザの手を引いてショップ巡りを始めた。

　一軒目から大量の薄い本をカゴに詰め込むフィリルを見て、リーザは眉を寄せる。

「そんなにたくさん買い込んで、持ち帰れるんですの？　篠宮先生に見つかったら、さすがに怒られるのでは……」

「平気。ここからミッドガルへ直送するから」

　フィリルは親指を立てて、平然と答えた。

「どれだけ買うかは知りませんが……わたくしの部屋には置かないでくださいね」

　念を押しつつ、リーザは一杯になっていくカゴを重そうに揺らす。

　そうして三軒のショップを回り、段ボール五箱分の本を発送したフィリルは、うーんと伸びをした。

「ふう……これできっと、あと一年は色々と困らない」

「あの量で一年分ですか……」

呆(あき)れた表情で呟(つぶや)いたリーザは、携帯端末を取り出して時間を確認する。

「そろそろ集合時間ですわね。戻りましょうか」

「待って、最後にゲームを見て行こうよ」

歩き出そうとするリーザを止めるフィリル。

「ゲーム?」

「ほら、恒例になってるゲームパーティー用の。そろそろネタが尽きかけてるから、何か面白そうなゲームを仕入れたいなーって」

「……時間まで、ですわよ」

やれやれと頷(うなず)いたリーザは、フィリルと共に近くのゲームショップへ入る。

「わーっ、何だか変なのがたくさんある! 皆でやるなら、クソゲーも楽しいかも」

ワゴンに入ったレトロゲームを覗(のぞ)き込(こ)み、目を輝かせるフィリル。

リーザも時間を気にしながら、棚を眺めていった。

「できれば、ホラーゲームはやめてくださいね」

精神的に怖いゲームが苦手なリーザは、フィリルに言う。

「じゃあ、リーザはどんなのがいい?」

「そうですわね……あ、これは面白そうですわ」

リーザが手に取ったゲームソフトを見て、フィリルは訝(いぶか)しげな表情を浮かべた。

「それ、ゾンビを撃ったりするやつだよ。怖くないの？」

「ええ。だって銃で撃って死ぬのなら、お化けではないですから」

「似たようなものだと思うけど……」

首を傾げながら、フィリルはそのソフトをカゴに入れる。

「なら、これは？　推理ゲームで、間違うと謎の犯人に殺されちゃうやつ」

「う……そういう敵がよく分からないものはちょっと……襲ってきた犯人と戦えるのならいいのですが……」

「そんな肉体派の主人公だったら、ゲームのジャンルが変わっちゃうよ」

フィリルは肩を竦め、そのソフトは棚に戻した。

「フィリルさんには、何か苦手なゲームはないんですの？」

「私？　私は特にないなぁ。あ……でも何となく避けてたジャンルはあるかも」

「避けていたジャンル？」

リーザが首を傾げると、フィリルは彼女の手を引っ張って別の棚へと連れていく。

「これは、女性向けの恋愛ゲーム……」

容姿の整った男性キャラクターが並ぶパッケージを眺め、リーザは呟いた。

「うん。こういうの絶対面白いし、やったらハマっちゃうと思うんだけど……ずっと手を出さないようにしているの」

「どうしてですか？」

「だって……最初の恋は、現実でしたいから」

頬(ほお)を染め、恥ずかしそうに答えるフィリル。

「フィリルさんにも――純粋な部分が残っていたんですね」

リーザが感心したように呟(つぶや)くと、フィリルは少し怒った表情を浮かべた。

「あ、ひどい。リーザ……私のこと、そういう目で見てたの？　これでも私、お姫様なのに……」

「でしたら、普段の言動からもう少し気を使ってください」

苦笑を浮かべてリーザは言うが、その視線が横の棚に置かれたソフトの上で止まる。

「――これも女性用のゲームなんですの？　それにしては登場人物が女性ばかりのようですけど……」

「あ、それはいわゆる百合(ゆり)ゲー」

「百合？」

「女の子同士が、恋愛するゲーム。意外と男の人もよく買うみたい」

フィリルに説明され、リーザの顔が赤く染まった。

「じょ、女性同士だなんて、そんな……」

その反応を見たフィリルがにやりと笑う。

「ふふ、興味があるなら買ってみる？」

「け、結構です！」

「そんなこと言わないで、せっかくだから今度二人でプレイしてみようよ」

そのソフトをカゴに入れ、フィリルはリーザに腕を絡めた。

「遠慮します！」

リーザは慌ててゲームを棚に戻すと、カゴを持って足早にレジへ向かう。

「ほら、もう時間ですわ。早く精算して集合場所へ行きますわよ」

フィリルを急かすリーザ。

「……一緒に遊んでみたかったなー」

残念そうに呟きながらも、フィリルは笑顔で後に続く。

その後——発送の手続きに少し手間取ったせいで、二人は少し遅刻をしてしまったのだった。

◆ブリュンヒルデ・ゲーマーズ6

週末の夜——ブリュンヒルデ教室に所属する女子生徒たちは、リーザの部屋に集う。

そこでは、フィリルの持ってきたゲームで遊ぶのが恒例となっていた。

「じゃあ今日は、とっておきのホラーゲームを——」

「わたくし、もう寝ますわ」

フィリルが言葉を言い終える前に、リーザはすくっと立ち上がる。

そのままベッドへ潜り込もうとするリーザだが、フィリルは慌ててその足にしがみ付いた。

「待ってよ、リーザ。話を聞いて。これは怖いだけじゃなくて感動もできるゲームで——」

「感動できても、怖いのなら同じです！　わたくしがこういうのを苦手だって、知っていますわよね！」

余裕のない様子で言うリーザだったが、はっとした様子で部屋に集まっているクラスメイトたちを見回す。

深月(みつき)、イリス、ティア、アリエラ、レンの五人は、取り乱すリーザを珍しそうに眺めていた。

「あ、いえ、その……怖いから苦手というわけではなく、ホラーなど馬鹿馬鹿しいから嫌なだけで……」

恥ずかしそうに言い訳するリーザだが、イリスは共感した様子で頷く。

「大丈夫だよ、リーザちゃん。あたしも怖いのは苦手だから」

「ん……」

こくこくとレンもイリスに同意する。

「私は特に苦手なわけではありませんが……あえて選ぶことはないジャンルですね」

深月は少し強がりつつ、ホラーゲームのパッケージを横目で見た。

「怖そうなゲームなの……」

ティアは不安そうにリーザの服をぎゅっと摑む。

「ボクはこういうの大好きだけど、これだけ怖がっている人が多いなら、他のゲームにした方がいいかもね」

苦笑を浮かべてアリエラは言うが、フィリルは頑なに首を横に振った。

「ダメ、今日はこれをやる！　どうしても怖いのが嫌なら、奥の手を使うから」

「奥の手？」

訝しげにフィリルを見るリーザ。

「前にね、怖いゲームが怖くなくなる方法を本で読んだの」

「へえ、どうやるんだい？」

興味を引かれた様子でアリエラが問いかける。

「主人公に、変な名前を付ける」

「え……それだけ？」

ぽかんとしながらイリスは首を傾げた。

「そう、それだけ。でも本当に怖いゲームのシーンが全部コメディになっちゃうんだよ」

そう言いながらフィリルはゲームを起動させ、恐ろしげなスタート画面から名前入力画面へ進める。

「変な名前って……急に言われても難しいの」

「ん」

ティアとレンは難しい顔で首を捻った。

「例えば……ぴょんぴょん太郎とか、そんな感じ？」

イリスは一案を口にする。

「ダメダメ、そんなんじゃ怖さに負けちゃう。もっと、名前だけで面白い感じじゃないと」

腕を組んで熟考するフィリル。

「そうだ――〝トイレを我慢している物部くん〟にしよう！」

「って、どうしてそこで兄さんの名前が出てくるんですか！」

即座につっこむ深月だが、フィリルは構わず名前入力を行う。

「だって主人公、男だし。あ……文字数制限があるんだ……えっと短くするなら〝トイレを我慢する悠〟って感じかな。物部だけだと、深月も同じだし――」

「ああ、兄さんがまたしても不憫な目に……」

深月は重い溜息を吐いた。

そうしてゲームが始まる。内容は古い洋館に迷い込んだ主人公が館内を探索していくという、アドベンチャー形式のホラーゲーム。

イベントが発生すると、テキストで状況や心情が描写されるのだが——。

「ほら、トイレを我慢している物部くんが洋館にやってきたよ」

フィリルはオープニング画面を示して言う。

「きっと、トイレを借りにきたんだね」

「ん」

アリエラの呟きに、レンがくすりと笑った。

「何だか、そう聞くと間抜けな感じで、少し怖くなくなりますわね……」

目を背けていたリーザは、テレビ画面に向き直る。

そうしてフィリルは主人公を操作して、館内の探索を始めた。

「なかなか、トイレ見つからないね」

「ユウ、かわいそうなの」

館内をうろうろする主人公を見ながら、イリスとティアが同情の言葉を零す。

その時、突如として壁から幽霊が現れた。

「きゃあっ⁉」

さすがに皆、悲鳴を上げるが――表示されたテキストを見て、その恐怖も霧散する。

『トイレを我慢する悠の前に現れたのは、透き通った体の女性――』

「モノノべ、漏らしちゃったりしてないかな」

「に、兄さんはそんな粗相はしません！」

イリスの呟きに、深月は顔を赤くして叫ぶ。

「何だか、主人公が震えているのもトイレを我慢しているみたいに見えてくるね」

苦笑しながらアリエラは呟いた。

その後も恐ろしいシーンは続いたが、皆の意識は心霊現象よりも主人公の状態に移っていく。

「トイレが見つからないの……」

「この屋敷、構造的な欠陥がありますわね。空き家になったのも当然ですわ」

ティアとリーザは屋敷の構造にツッコミを入れていた。

「何だか幽霊が色々言っているけど、絶対モノノべは聞いてないよね」

「うん、きっとトイレのことで頭がいっぱい」

幽霊が話しかけてくるシーンでも、イリスとフィリルは主人公を心配している。

そうして物語は順調に進み、屋敷の幽霊たちを成仏させるという段階まで来るのだが
――。

「失敗した……」

きらきらと光になって消えていく幽霊たちを眺めながらフィリルが呟く。

「え？　でも、これでゲームクリアだよ？」

きょとんとイリスが首を傾げた。

「全然話が頭に入って来ないし、今も物部くんがトイレを我慢していると思うと、感動できない」

「確かに、そうですわね。膀胱炎にならないといいのですけれど」

フィリルに同意したリーザは、苦笑を浮かべる。そして幽霊が最後に残した言葉が、画面に表示された。

『トイレを我慢する悠……ありがとう』

何とも言えない空気が皆の間に広がる。

「幽霊も、主人公がトイレを我慢してることを知っていたんだ……」

「その上で追いかけ回していたなんて……ドSだね」

アリエラとフィリルは呆れた顔で溜息を吐いた。

「兄さん……ひどい目に遭いましたね。けれど、人間としての尊厳は最後まで守り抜いて――立派です。さすがは私の兄さんです！」

深月は別の意味で感動し、瞳を潤ませている。

こうして〝トイレを我慢する悠〟は、トイレのなかった洋館を後にしたのだった――。

◆アメジスト・リバース外伝1

ブリュンヒルデ教室の皆と共にやってきた、山奥の別荘。そのテニスコートで汗を流してきたイリス・フレイアは、下着姿のまま自分が身に着けていたテニスウェアをじっと見つめる。

「うー……どうしよ、どうしよ……」

「イリスさん、どうしたんですの？」

更衣室で彼女と共に着替えていたリーザ・ハイウォーカーは、訝しげな表情でイリスに問いかけた。

「あ、あのね、リーザちゃん、このテニスウェア……やっぱり洗った方がいいよね？」

「それはまあ――ここに用意してあったものを借りたわけですから、洗って返すのが礼儀だと思いますわ。洗濯室に置いておいて、明日他の服と纏めて洗いましょう」

自分のテニスウェアを丁寧に畳みつつ、リーザは答える。

「で、でも、洗濯するまでの間にモノノベがペロペロしちゃうかもしれないよ！　たぶんきっと汗臭いし……今、自分で洗っちゃった方がいいのかなって……」

「……あなたは、いったい何を言ってるんですの？」

ジト目でイリスを見るリーザ。

「え？　だからモノノベがペロペロ……」

「彼にはそんな性癖が？」

「せ、性癖？　そ、それは分かんないけど、男の人ってそういうものなんでしょ？」

「わ、わたくしに聞かれても困りますわよ。というか——前から思っていたのですが、イリスさんの偏った知識はいったいどこから来たものなんですの？」

溜息を吐き、リーザはイリスに訊ねる。

「どこからって……フィリルちゃんに借りた本に書いてあったよ？」

「やっぱりですか……」

リーザは額を押さえて、やれやれと首を振った。

「え？　もしかして、フィリルちゃんの本に書いてあったことって間違いなの？」

「いえ、間違いとは言い切れませんが……ぺ、ペロペロとか、そのようなことをする男性は、ごく一部だと思いますわ」

「そうなんだ……」

感心した様子のイリスに、リーザは自信満々の表情で頷く。

「わたくしの読んだ書物によれば、男性はペロペロではなく、クンクンする生き物だと書かれてありました」

「クンクンはするんだ！」

「はい。ですから匂いには気を使わねばなりません。脱いだ服には消臭スプレーをかけてから、洗濯室に置いておきましょう。そうすればモノノベ・ユウが変態行為に及ぶこともないはずです」

「さすがリーザちゃん！　モノノベをヘンタイにしたらダメだもんね！」

尊敬の眼差しを向けるイリスに、用意は万全ですわと胸を張るリーザ。

二人は和気藹々とテニスウェアを持って洗濯室へ向かった。

だが後日――この話を聞いたフィリルが、未だかつてないほど爆笑することを、彼女たちはまだ知らない。

◆アメジスト・リバース外伝2

「──ねえ、ジャンヌちゃん。私、一つ疑問があるんだけど」

キーリ・スルト・ムスペルヘイムはソファに仰向けで寝転びながら、バスルームから出てきたジャンヌ・オルテンシアに声を掛けた。

場所は彼女たちが潜伏場所として使っているホテルの一室。彼女たちがニブルから身を隠しつつ、その動向を探っていた頃の出来事。

「何だ？」

ジャンヌはタオルで頭を拭きつつ、キーリの方を向く。

「よくそんな大きな胸で、男のふりができたわね」

「ど、どこを見ている⁉」

無防備に裸身を晒していたジャンヌは、赤面して胸を隠した。

「あなたの綺麗な体。とても女の子らしくて素敵ね」

「……っ！　ぶ、侮辱する気か！」

表情を険しくするジャンヌだったが、キーリは苦笑して肩を竦める。

「いいえ、そんなつもりはないわ。単純に不思議なのよ。普段とは体格から違って見えるから」

寝転がったままジャンヌの体をじろじろと眺めまわすキーリ。

「胸にさらしとか巻いてるの？　あんまり押さえつけると体に悪いし、プロポーションも崩れちゃうかもしれないわよ」

「余計なお世話だ。確かにある程度胸は押さえているが、無理はしていない。服の内側に仕込んだプロテクターで体全体を一回り大きく、男らしい体格に見せることで、胸も目立たなくしているからな」

その説明を聞いたキーリは、感心した様子で呟く。

「へえ……ある物を隠すんじゃなく、足りない物を補って紛れさせているわけね。すごいわ、ジャンヌちゃん。努力しているのね」

「何だか馬鹿にされている気がするんだが……」

ジャンヌは不満げに頬を膨らませた。

「心から褒めているのよ。けど、そこまで男になりたいなら、私が生体変換で本当の男にしてあげましょうか？　まあ試したことはないから、失敗するかもだけど」

冗談っぽい口調でキーリはそんな提案をする。

「遠慮する。お前の実験体になって、死にたくはないからな。というか――オレは隊長に女だとバレたくないだけで、別に男になりたいわけじゃない」

「ふふ……よかった。私も今の可愛いジャンヌちゃんの方が好きだから」

ジャンヌの返事を聞き、大げさに胸を撫で下ろすキーリ。

ベッド脇のサイドボードに置かれていた銃を手に取り、ジャンヌは真っ赤な顔で警告する。

「か、からかうな！　撃つぞ！」

「からかってなんかないわ。そういうところが本当に可愛いのよ」

怖がる様子もなくクスクスと笑い、キーリは目を閉じた。

「じゃあ、私は寝るわね。おやすみ、ジャンヌちゃん」

「……ソファではなく、ちゃんとベッドで寝ろ。風邪を引く」

「なら……ジャンヌちゃんが運んでちょうだい」

「ふざけるな、蹴り転がすぞ」

そんな会話を交わしつつ、彼女たちの夜は更けていくのだった。

◆プリズマティック・ガーデン外伝1

ミッドガルの学園長、シャルロット・B・ロードが発案し、職員主導で行うことになった花火大会。

生徒全員に支給された浴衣は、シャルロットが自ら厳選したものだった。

だからこそ――その〝成果〟を確認しなければならない。

「はぁ……はぁ……はぁ……」

海岸通りに並ぶ屋台の裏。鬱蒼としたジャングルの中に荒い呼吸音が響く。けれどその音はBGMとして流されている雅な祭り囃子に紛れ、通りを行き交う浴衣姿の少女たちは気付くことがない。

「ふ、ふふふ……さすがは私の見立てだ。どの乙女達もイメージ通り……美しい……完璧だ。これは何としてもベストショットで記録しておかねばな」

草むらに身を潜めていたシャルロットは、手にしていたカメラを握りしめて呟く。

迷彩のヘルメットと服を身に着けた彼女の姿は、戦場カメラマンと呼んでも違和感がない。

汗で額に張り付く金色の髪を気にすることなく、彼女は木々の陰でシャッターチャンスを狙った。

「ふむ、やはりあの乙女には花柄がよく似合う……むむっ、あちらはうなじが色っぽいのぉ……おお――射的に興じる凛々しい横顔も素晴らしい……」

目を惹く瞬間が訪れるたび、シャッターを切る。休んでいる暇などない。祭りの間に全員分の浴衣写真を撮らねばならないのだから。

だが――。

「むぅ……なかなかこちらを向かんのぉ。こっちだこっち……おっ――ようやく振り向いたか。そうだ、そのままこちらに視線を……ん？」

レンズ越しに黒髪の少女と視線が合う。

可憐さと凛々しさを兼ね備えた美しい乙女。学園の生徒会長――物部深月。

彼女の浴衣姿もよく似合っていたが、シャッターを押す余裕はなかった。弓型の架空武装を生成し、矢を番える彼女を見て、シャルロットは逃走に移ろうとする。

ヒユッ――。

だがそれを制するように、シャルロットの足元に銀色の矢が突き刺さった。

「はぶっ⁉」

驚いて転んだシャルロットの前に、物部深月が現れる。

「怪しげなシャッター音や、不審者らしき影を見たと生徒から聞いて巡回していましたが……やはり学園長でしたか」

「い、いや、これはあくまで行事記録として写真を撮っていただけで――」

「なら堂々と撮影すればいいはずです。こそこそと隠れなければならないような写真を撮っていたんでしょう？」

「う……」

反論できずシャルロットは言葉に詰まった。

「全く……今日は兄さんとの大事な約束があるのに、手間を取らせないでください。さあ、マイカさんのところへ行きますよ」

「ま、待ってくれ！　マイカに知られたら撮り溜めた写真が全て消去されてしまう！」

「自業自得です」

「わ、我が友の――そなたの兄の写真もあるのだぞ！」

その言葉に、容赦なくシャルロットを引き摺って行こうとしていた深月の動きが止まる。

「これは屋台で調理をしているところ……これは金魚掬いをしているところ……どれも貴重な青春の一コマであろう？　そなたはこの一瞬が失われても良いというのか？」

カメラのモニターに撮影した物部悠の画像データを表示し、シャルロットは説得を試みた。

「そ、それは――」

「我が友の写真は全てプリントアウトし、そなたに進呈する。だからここは見逃してくれ！」

プライドを投げうち、土下座して頼み込むシャルロット。深月は根負けしたように溜息を吐く。

「私が写真をチェックして、撮られた方々が嫌がりそうだと判断したものを消去し、以後は堂々と姿を晒して撮影するのであれば……まあ、今回だけは見逃しても……」

深月は視線を逸らし、譲歩案を提示した。

「もちろんそれで構わぬ！　恩に着る——そなたは話の分かる乙女だ！」

「あ、足に縋り付かないでください！」

全身で感謝を示すシャルロットを引き剝がしながら、物部深月は嘆息する。

祭りの裏でこのような裏取引があったことは、彼女たち以外に誰も知らない。

◆プリズマティック・ガーデン外伝２

それはミッドガルで行われた花火大会での一幕。

「篠宮先生、一つ聞いてもいいですか？」

焼きそば屋台を手伝うイリス・フレイアは、担任教師の篠宮遥に話しかける。

「ああ、構わない」

遥は熱い鉄板の上で焼きそばを作りつつ、イリスに頷き返した。

「じゃあえっと……篠宮先生って確か前に料理が苦手って言ってた気がするんだけど……それって謙遜みたいな感じだったんですか？」

接客と会計を担当しているイリスは、手際よく焼きそばを仕上げていく遥に、躊躇いながら問いかける。

「いや、謙遜ではなく単なる事実だ。私は料理がほとんどできない」

「そんなに上手く焼きそばを作れるのに……？」

「私が作れるのは焼きそばだけだよ。父もそうだった」

「お父さん？」

不思議そうにイリスが首を傾げると、遥は笑みを浮かべて頷いた。

「ああ、私の父は普段全く料理をしないが、家族でバーベキューに行った時だけは自分で串を焼いたり、焼きそばを作るんだ。これが篠宮流だ――と張り切ってな」

「ふふっ、篠宮先生と一緒！」

「……私もそんなに張り切っているように見えたか？」

遥の問いにイリスは首を縦に振る。

「うん、すっごく！　篠宮先生はお父さん似なんですね」

明確な同意を返された遥は、恥ずかしそうに頬を掻いた。

「――かもしれん。そういう意味だと妹は……都の方は、母親似だったな。私と違って色々な料理が得意だったように思う。まあ、焼きそばに関してだけは私が上だが」

そこだけは譲れないと言い切る遥を見て、イリスは楽しそうに笑う。

「確かに……これより美味しい焼きそばって、想像できないかも」

鉄板の端から落ちそうだった麺を指で摘まんだイリスは、パクリと頬張り、頬を緩ませた。

「行儀が悪いぞ、イリス・フレイア」

「あはは……ごめんなさい」

頭を掻いて謝るイリスを見て、遥は「仕方ないな」と苦笑するのだった。

◆プリズマティック・ガーデン外伝3

ミッドガルで行われた花火大会。

海岸沿いの防波堤には、多くの女子生徒たちが並んで腰かけ、空に咲く火の花を眺めていた。

「わぁーっ、綺麗なの！」

ティアが歓声を上げると、右横に座るキーリが眉を寄せる。

「あんなのがいいなら、私がいくらでも見せてあげるわよ？　炎の物質変換は私の得意分野なんだから」

けれどそれにティアが反応するより早く、逆側にいたリーザが口を挟んだ。

「――いくら爆発がお得意でも、あなたにあの雅さを表現できるとは思えませんわね。ただ派手なだけでは、人の感動を呼ぶことなどできませんわよ？」

ぴくりと頬を引き攣らせたキーリは、ティアを挟んでリーザと睨み合う。

「何よ、あなた……私に喧嘩を売っているのかしら？」

「いいえ、わたくしはただキーリさんの思い上がりを正しただけです。美しい花火を作り上げるためには、火薬の種類や配合、分量、配置に拘らなければなりません。たとえ物質変換の能力を用いようと、一朝一夕に再現できるものではありませんわ。加えてもちろん美的センスも問われます」

「……私を舐めないで欲しいわね。花火なんて生体変換に比べれば簡単よ。あなたたちとは頭の出来が違うんだもの。美的センスだって比較にならないわ」

自信満々に断言するキーリだが、リーザは彼女に憐れみの視線を向けた。

ティアも何か妙なことを耳にしたかのような表情で、キーリを見つめている。

「な、何よ……ティアまでそんな目で見て……私、何も変なことは言ってないわよ？」

戸惑いながらキーリは二人に問いかけた。

「キーリさん、あなた……先日の美術の授業でご自分がどんな絵を描いたのか、忘れたんですの？」

「美術って――私が描いた絵はどれも素晴らしかったと思うけれど……」

「確かに似顔絵やデッサンなど、写実的な描写については能力の高さを感じましたわ。ただ、テーマを決めて自由に描いた時が、その……」

リーザはそこで言い淀むが、ティアは遠慮なく先を続ける。

「キーリの絵、ヘンテコだったの！」

「へ、ヘンテコ？」

ショックを受けた様子で硬直するキーリ。

「何だか、ぐちゃぐちゃで――ティアの方がずーっと上手かったの！」

「あ、あれは怒りと絶望を色彩とタッチで表現した芸術的作品で……」

動揺しながら解説を始めるキーリだったが、ティアが無邪気な笑顔でとどめを刺す。

「下手でも落ち込まなくていいの。ティアが学園のセンパイとして、ちゃんと上手な描き方を教えてあげるの！」

ガクリと肩を落とすキーリに、リーザは同情するように言う。

「花火を作るのであれば、既存のものをトレースするのがよいと思いますわよ」

「……わ、私のセンスは高度すぎて理解できないだけなのよ」

「だとしても、ティアさんに伝わらなければ意味がないでしょう？」

「う……」

そこで言葉に詰まったキーリは、むすっとした表情で夜空の花火に視線を戻す。

——爆発の威力、範囲、指向性……実用的な面しか意識していなかったけど、これからは技の芸術性や見た目も重視してやるわ。そうね、あとはそれを引き立て表現する技名も凝らないと……イリスちゃんみたいに呪文を取り入れようかしら。

内心でそう決意するキーリだったが、これがさらに道を踏み外すきっかけになることを彼女はまだ知らない。

◆ブリュンヒルデ・ゲーマーズ7

夜遅く、ブリュンヒルデ教室に所属する者へ集合のメールが届いた時――それはフィリルが主催する女子限定ゲーム大会の合図だった。

「全く……今日はいったい何をするんですか？」

いつものように呼び出された深月は、部屋に集まった面々を見回す。

もう深夜のためか、普段よりメンバーは少ない。フィリルとリーザ、イリスの三人だけだ。他の者は恐らくもう寝ているのだろう。

もちろん兄である物部悠の姿もない。彼が呼ばれるのは、ゲーム大会が昼に開かれる時だけだ。夜はパジャマパーティーを兼ねているので男子禁制。

今、ここは秘密の花園ともいうべき空間なのだが――部屋の中央に詰まれた段ボールの箱が、そうした情緒を決定的にぶち壊していた。

「ようこそ、深月。もちろん今日もゲームをするんだよ」

フィリルは深月を迎えると、不敵な笑みを浮かべて言う。

「ゲームって……この段ボールで、ですか？」

胡散臭そうに段ボールを見る深月に、フィリルは深く頷いた。

「うん、だけどもちろん〝中身〟でだけどね。この中には私が日本から取り寄せたトレーディングカードゲームのボックスが十二セットも詰まってる」

それを横で聞いていたリーザは、眠そうに欠伸をする。

「ふわ……要するに今夜はカードゲームをするってことなんですのね。でしたら早く始めましょう。ルールはどういうものなんですの？」

「リーザ、慌てないで。まずは開封からだよ」

ちっちっちと指を振ったフィリルは、段ボール箱の一つを開けると、その中からさらに小さな箱を取り出す。その箱にはキャラクターやモンスターの絵が描かれており、キラキラと派手な装飾が施されていた。

「わあ、綺麗だね！　この女の子、可愛い！」

イリスが身を乗り出して箱を手に取る。

「その箱一つに、カード八枚入りのパックが二十個入ってるの。今夜は皆で手分けして、そのパックを一つずつ開けていこうー」

そう言って腕を高く掲げるフィリル。しかし他のメンバーは呆気に取られたような表情を浮かべた。

深月はカードのパックが詰まった箱とフィリルを見比べ、恐る恐る口を開く。

「まさか……今夜は、開けるだけ――なんですか？」

「そうだよ」

平然と答えるフィリルに今度はリーザが詰め寄る。

「フィリルさん！　それはゲームではなく、ただの作業ですわよ！」

しかしフィリルは小さく肩を竦めて、意味ありげに微笑んだ。

「もう、リーザは分かってないなぁ。トレーディングカードは、開封して中身を確かめる時が最もスリリングで血湧き肉躍る瞬間なんだよ？」

「……どういうことなんですの？」

「要するに、いいカードが入ってるかどうかは運しだいってこと。皆にはそのドキドキを味わってほしいの。次回は自分が開けたパックの中身でデッキを組んで対戦する予定だから、本気でやらなきゃダメだよ？」

念押しするフィリルだが、イリスは不思議そうに首を傾げる。

「本気でって……開けるだけなのに？」

「もちろん。本気で祈らないと、運は引き寄せられない。いいからとりあえず、みんな開けてみてよ。光ってるカードはとりあえず当たりだから――」

フィリルに促され、深月たちは渋々パックを開封し始めた。

「カードの数字やマークはよく分かりませんが、絵は綺麗ですね」

取り出したカードを眺めて深月は呟く。するとその横でイリスが歓声を上げた。

「あっ――これ凄い！　キラキラ光ってるよ！　虹色！」

イリスがそのカードを掲げると、フィリルは息を呑む。

「そ、それはＬＳＳＲ（レジェンドエスエスレア）――百ボックスに一枚って言われてるのに……」

おののくフィリルの後ろから、リーザが興味深そうにイリスのカードを覗き込んだ。

「確かに……何だか凄そうな雰囲気ですわね。ちょっとだけ……羨ましいかもしれません」

そう呟いたリーザは、黙々とパックを開封し始める。

「うう……正直、私も悔しい。これが無欲で挑む者の強さ……ううん、真摯な祈りは絶対にもっといいものを引き寄せるはず――」

フィリルは落ち込んだ様子で呟き、震える手でパックを開けていった。

「どんなカードが引けるかは運次第なのに、勝負は成り立つんでしょうか……」

不安そうな表情で深月も作業を続ける。

そして――一人三箱、四百八十枚のカードを確認し終わる頃には、部屋には重い空気が満ちていた。

「あ、あの……あたし、どうして睨まれてるのかな？」

神々しく輝くカードを何枚も手にしたイリスは、不思議そうに皆を見回す。

「……イリスさんだけ、不公平ですわ」

リーザは拗ねたように呟き、フィリルは絶望の表情で項垂れる。

「何も……何も……出なかった。何も……」

対照的な三人を見た深月は、カードを床に置き、皆に話しかけた。

「今日はもうお開きにしましょうか。正直、疲れました」

「……うん、そうだね。実を言うと今回はこのトレカを皆に布教して、同志を増やすのが目的だったんだけど……欲しかったカードを何枚も逃して……もう、気力ゼロ」

フィリルはそう言うとふらふらとベッドに歩いていって、そのままバタンと倒れてしまう。

「あ、あの、フィリルちゃん……欲しかったのなら、これ……あげるね。元々フィリルちゃんが用意してくれたものだし……」

イリスは気まずそうにカードをフィリルの枕元に置いた。

「……ありがとう。イリスは優しいね。レアカードが……眩しい」

カードの輝きに目を細めたフィリルは、力尽きたように眠りへ落ちる。

「よく分かりませんが、今の状態で対戦をするのは止めた方がよさそうですね」

溜息を吐いた深月は、段ボールや開いたパックを片付け始めた。

「わたくしもあの綺麗なカードが欲しかったですわ……」

リーザはぶつぶつと呟きながら片付けを手伝う。

その後、当然ながらゲームの対戦は行われなかったのだが——リーザは密かにカードを集め始め、フィリルは念願の同志を得ることに成功するのだった。

◆ブリュンヒルデ・ゲーマーズＥＸ

「皆——今日はとっても大事な話がある。心して聞いて」

ミッドガル学園の女子寮。消灯時間が過ぎた後、こっそりリーザ・ハイウォーカーの部屋に集合したブリュンヒルデ教室の女子一同。

パジャマ姿の彼女らはベッドや床に座り、テレビの前に立つフィリル・クレストを見上げていた。

「フィリル、今日はいつもみたいにゲームをやらないの？」

頭に二本の角を生やした少女、ティア・ライトニングは、不思議そうに首を傾（かし）げる。

夜、リーザの部屋に集まった時は、皆でゲームをすることが恒例になっていた。

「ゲームをやるとも言えるし、やらないとも言える……かな」

「どういうこと？」

「それを今から説明する。今回チョイスしたゲームは……これ。ＲＰＧ的なものを作れるゲーム」

後ろ手に隠していたゲームソフトを皆の前に翳（かざ）すフィリル。

「ゲームでゲームを作るんですの？」

リーザが眉を寄せて質問する。

「そう。このゲームには、色んな素材がたくさん入ってて……それを使えば、比較的簡単にゲームが作れる。必要なら、素材を一から作ることも可能」

「へえ、面白そうだね。じゃあボクたちが思い描いたものを作れるんだ？」

興味を引かれた様子で、アリエラ・ルーが身を乗り出した。

「うん。限界はあるけど、スクリプトも弄れるから自由度は高い。その辺りは、レンに頼むつもり」

「ん。任せて」

既に話は通してあったのか、レン・ミヤザワは胸を叩く。

「レンちゃん張り切ってるね。けど……あたしは苦手かも。何だか難しそうだし」

苦笑を浮かべてイリス・フレイアは頬を掻いた。

「大丈夫。基本的な部分を、今夜はみっちり叩き込むから」

にやりと不敵に微笑むフィリル。それを聞いて、ずっと黙っていた物部深月が口を開く。

「と、言うことは……今日だけでは終わらないんですか？」

「もちろん、当たり前。ゲームを作るのには、時間が掛かる。これは壮大なプロジェクト」

ぐっと拳を握りしめ、フィリルは告げた。

「遊びで作るだけなのに大げさな……」

やれやれと溜息を吐く深月だが、フィリルは真剣な表情で首を横に振る。

「違う。作るだけじゃない。ゲームなんだから、ちゃんと遊んでもらわなきゃ」

「え？」

戸惑う深月に、フィリルはずいっとゲームのパッケージを突き出した。

「これはPC版。端末にインストールして各自作業ができるし、作ったゲームを配布することも可能。私は、他の教室の人たちに完成したゲームを遊んでもらうつもり」

「ええっ⁉」

深月だけでなく、他の皆からも驚きの声が上がる。

「だから、手は抜けない。あと、皆が興味を持ってくれて楽しんでくれるものじゃないとダメ」

「い、いきなりハードルが上がりましたわね……」

リーザが表情を引き攣らせて呟いた。

「今のところゲームの内容は、皆がそれぞれ作ったパートを繋ぎ合わせて、一つにする予定。けど……バラバラじゃダメだから、大きなシナリオと主人公は統一させてもらう」

「主人公……？」

何か嫌な予感を覚えた様子で、深月が顔を顰める。

「うん、主人公は物部くんでお願いね」

「って、何で兄さんなんですか⁉」

即座にツッコミを入れる深月。

「だって……ミッドガルの女子が共通して興味あるものって、物部くんぐらいしか思いつかないし。それに……作るのも、きっと楽しい」

「だからいつもいつも、兄さんをおもちゃにしないでください！」

文句を言う深月だが、フィリルは動じない。

「いつもとは違う。これまでは主人公に物部くんの名前を付けて遊んでいただけ。でも、自分たちでゲーム自体を作るなら、物部くんを思う存分、好きなようにできる」

「に、兄さんを、好きなように……？」

息を呑み、深月は頬を染める。

「モノノベ・ユウに、な、何をさせてもいいと……？」

リーザは声を上擦らせ、他の皆も顔を赤くして押し黙った。

その様子を見て、フィリルは言う。

「皆、乗り気になってよかった。じゃあ、今からプロジェクト・スタート。タイトルは〝モノノベクエスト〟で！」

ぱっと腕を掲げ、宣言するフィリル。

「ちょっ、待ってください！　私も物部なんですがっ！」

我に返った深月が、タイトルに異議を唱える。

けれど結局、語呂がいいという理由でフィリルの案は採用されてしまったのだった。

＊

　そうしてブリュンヒルデ教室の女子一同によるゲーム制作がスタートした。

　第一回の集いではゲーム作成の基礎的なレクチャー。第二回には、シナリオ会議が行われる。

「じゃあ——基本的な流れは、主人公の物部くんが私たちの作った七つのステージを攻略していくって感じで決定」

　フィリルが皆の意見を纏めた上で、方針を決めた。

「それなら、わたくしたちもある程度自由に作れますわね」

「ティア、すっごいステージ作るの！」

　リーザとティアは満足そうに頷く。けれどフィリルは厳しい顔で手を翳した。

「待って、浮かれるのはまだ早い。私たちのゲームには、まだ一番肝心な部分が欠けてるんだよ」

「肝心な部分？　それって何なんだい？」

「んぅ？」

　アリエラとレンが不思議そうに首を傾げる。

「それは、プレイヤーを楽しませる要素。物部くんを操作して、素人が作ったステージをクリアして……本当に面白いと思う？　プレイするモチベーションが続く？」

「き、厳しいところを突くんですね、フィリルさん。てっきり、そういう部分には目を瞑るのかと……」

深月が驚いた様子で言うと、フィリルはえへんと胸を張った。

「当然。妥協はしない。だから私……いっぱい考えた」

ポケットからメモ帳を取り出し、フィリルは話を続ける。

「まず、このゲームをプレイするのは物部くんに興味がある人。だからプレイすることで物部くんに関する情報が得られるなら、それは十分にクリアの〝ご褒美〟として成立する」

「ご褒美、ですか？」

深月の問いかけに重々しく頷くフィリル。

「そう……物部くんは、魔王に奪われた記憶を取り戻すために旅をしている設定にして、ステージをクリアするごとに忘れていたことを思い出すの。それはどんなものでもいいけど……できるなら、ステージを作った人しか知らないような、とっておきの秘密がいいかな」

「とっておきの、秘密……」

何故かイリスが顔を赤くして、モジモジし始めた。

「それなら皆、何としてもクリアしようって気になる……よね？」

確認するようにフィリルが皆を見回す。

「た、確かに、そうかもしれませんけど……わたくし、彼の秘密なんて特に知りませんわよ？」

「そうかな？　リーザ、いっつも物部くんのこと見てるから、一つくらい知ってると思うんだけど」

フィリルは首を傾げてリーザに問い返した。

「な、何を言うんですか！　わたくしは彼のことなんて見ていませんわよ！」

顔を真っ赤にして否定するリーザ。

「ふうん……まあ、そういうことにしてあげる。秘密を知らないなら、好きな食べ物とか……大したことじゃなくてもいい」

その言葉を聞いて、アリエラがほっと息を吐いた。

「それなら、ボクにも何とかなりそうだ」

「ん」

同意するようにレンも頷く。

「全部のステージをクリアしたら、ハッピーエンド？」

イリスの質問に意味ありげな微笑を返すフィリル。

「ふふ、それだと最後が締まらない。だから私のステージは、他の六つを攻略しないと挑めないラストステージに設定する。そしてクリアしたら、誰もが気になっている物部くんの秘密が分かる仕掛け」

「ええっ⁉　誰もが気になるモノノベの秘密って何⁉」

「……それは後のお楽しみ」

フィリルは口元に指を当てて言う。

「難しいギミックとか、バランス調整とか、分からないことがあったら私かレンに相談して。ステージごとに主人公の状態はリセットさせるつもりだから、ステージ内だけのバランスに気を配ってくれればいい」

淡々とした口調で必要事項を告げたフィリルは、皆を見渡した。

「じゃあ早速、今から作業開始！」

「……おー」

レンが拳を上げて小さな声で応じると、皆も顔を見合わせて彼女に倣う。

「お、おーっ！」

そうして彼女たちはゲーム作りの実作業へと突入した。

＊

「——何とか、とりあえず形にはなったね」

一ヵ月後、リーザの部屋に集まった皆を前に、フィリルは端末を操作しながら言う。

端末の画面には、それぞれが作ったステージのデータフォルダが表示されていた。フィリルは皆から受け取ったデータを、既に作ってあった枠組みの中へ嵌め込んでいく。

「疲れたよー……っていうか、レンちゃんがいなかったら絶対ムリだった……」

ぐったりとベッドに突っ伏しているイリスは、眠たそうに呟いた。

「イリスさんは、かなりレンさんに手伝ってもらっていましたわね。まあ……わたくしもレンさんがいなければ投げ出していたかもしれません。わたくし、こういう分野には向いていないと思い知りましたわ」

「今回ほどレンが頼りになるって思ったことはなかったよ。さすがだね」

リーザとアリエラに褒められて、レンは恥ずかしそうに下を向く。

「んぅ……わたし、こういうの好きだから」

小さな声で答えるレン。

「私は何とか一人で作れましたけど……ティアさんがとても簡単そうに作っているのを見て驚きました」

深月も少し疲れた顔をしながら、ティアに目を向ける。ティアはわくわくした様子で、フィリルの作業を見守っていた。

「慣れると全然難しくなかったの！　面白い仕掛けをたくさん作ったから、皆にも見て欲しいの！」

ティアは元気いっぱいの声で言う。

「今回、一番楽しんでいたのはティアかも。データ量もすごく多いし。今後、戦力になりそう」

作業を続けながらフィリルはティアの頭を撫でた。レンもこくりと後ろで頷く。

「ん……即戦力。期待の新人」

「ティア、そくせんりょく！」

意味を分かっているのかいないのか、嬉しそうにはしゃぐティア。

「これで――よし。一先ず遊べる状態にはなったから、これから皆でテストプレイをしてみよー」

フィリルは端末とテレビを繋ぎ、さらにコントローラーも接続してリーザに手渡す。

「わたくしが操作していいんですの？」

「うん。一人ずつ順番に自分以外の人が作ったステージを攻略する流れで」

頷きつつ、端末からゲームを起動するフィリル。テレビ画面にでかでかとタイトルが映し出された。

「モノノベクエスト……」

嫌そうな顔で深月が呟く。まだタイトルには不満があるらしい。

「では、スタートしますわ」

リーザがスタートを選択すると、画面にモノローグが流れる。勇者モノノベが魔王に奪われた記憶を取り戻すために旅をしているという状況説明の後、ステージセレクト画面が現れた。

「今表示されている六つの選択肢が、皆の作ったステージの名前。全部クリアすると、私が作った最終ステージが出現する。どこから挑んでもいいから、適当に選んでみて」

フィリルに促され、リーザはステージ名を眺める。

「では……RPGっぽい名前の、セブンクライム王国を選んでみましょうか」

「あ、それ、私が作ったステージです」

深月がぴくりと反応して呟いた。

「深月さんのステージなら、しっかりしたものになっていそうですわね」

ステージが選択されると画面が暗転し、見下ろし型の2Dマップが表示される。キャラも背景もドットで表現された、オーソドックスなRPGの画面だ。

主人公のモノノベは兜と鎧を着た勇者の出で立ちで、城下町と思しき場所に立っていた。

だがマップのあちこちに炎のエフェクトが配置され、兵士と魔物が戦っている。

「な、何だかいきなり修羅場ですわ……」

町の状況に戸惑うリーザ。

そこに兵士の一人がやってきてモノノベに話しかけてきた。

「魔王の手下が攻めてきたから手を貸してほしい……王様やお姫様のところにボスが向かった……ふむふむ、分かりましたわ。要するにそのボスをやっつければいいんですのね」

やるべきことを理解したリーザは、早速モノノベを操作してお城を目指す。

「けど、この町広いですわね……迷いそうですわ」

「あ、それなら心配ありません」

ぼそりと呟いたリーザに、深月がきっぱりと宣言した。

「え？」

どういうことかと眉を寄せつつ、二股の道を左に進むリーザ。だが近くで戦っていた兵士が、突然モノノべに『違う、そっちじゃない！　右だ！』と叫んできた。

「……親切な作りですのね」

「兄さんが道に迷うといけませんから」

リーザに慎ましやかな胸を張って頷く深月。

「あっ！　今度は魔物がこっちに向かってきましたわ！　ついに戦闘ですのね！」

近づいてくる魔物を見て、リーザが身構える。しかし魔物がモノノべに到達する寸前、横から兵士が飛び込んできた。『ここは俺に任せて先へ行け！』と促す兵士に、リーザは拍子抜けした表情を浮かべる。

「この国の兵士は、有能ですわね……」

「はい、だって兄さんが怪我をするといけませんから」

当然だという顔で深月は頷いた。

「…………」

リーザは雲行きの怪しさを感じたのか、無言で他のクラスメイトたちを見回す。皆はコメントに迷う感じで、苦笑を浮かべていた。

「ま、まあ、ボスがいるわけだから、とにかくそこまで行こうよ」

「そう、ですわね」

アリエラに促され、リーザはゲームを続ける。

しかし城に着いてからも、道に迷えば兵士が指示を出し、魔物がやってくると兵士が駆けつけ——結局一度の戦闘もないまま、ボスがいるという謁見の間に辿り着いてしまう。

「リーザさん、ちゃんと部屋の前にいる兵士の話を聞いてくださいね」

肩をがしりと摑み、深月はリーザに指示を出した。

「はいはい、分かりましたわ」

半ばやる気を失っているリーザは、溜息を吐いて兵士に話しかける。

「ボスは水の魔法に弱い……ですか」

「そうです。しっかり覚えていてくださいね！　兄さんの命がかかっているんですから」

真剣な表情で深月は念を押した。

そうして謁見の間に突入したモノノベは、ついにボスとの戦闘に入る。

「リーザさん！　水の魔法です、水の魔法！　変なことはしたらダメです！　兄さんが怪我をしてしまいます！」

「………………」

肩をぐらぐら揺さぶられつつ、リーザは疲れた表情で水の魔法を選択した。

水魔法を受けたボスは、一撃で息絶える。

「やりました！　兄さんの勝利です！」

喜びの声を上げる深月だが、リーザを含め他の皆は深々と嘆息した。

「ま、まあ……チュートリアルだと思えば、いい感じ……かも」

フィリルは少し引き攣った表情でフォローを入れる。

「そ、それにこの後、モノノベの秘密が明かされるんだよね？　ミツキちゃんなら、すごい秘密を知ってそうだから、あたし楽しみ！」

微妙な雰囲気を吹き払おうと、イリスは明るい声を上げた。

「深月は物部クンの妹だもんね。いったいどんな秘密が明かされるんだろう……」

「ユウの秘密、楽しみなの！」

「ん」

アリエラ、ティア、レンもそれに乗っかり、皆は期待を込めて画面を見つめる。

ボスを倒した後、モノローグで記憶を少し取り戻したことが示され、その内容が主人公の口から語られた。

『そうか……俺は、左利きを矯正した右利きだったのか』

「…………」

皆は無言で深月を見つめる。

「――何ですか？　これも立派な個人情報です。皆さんが期待しているようなことは、兄さんのプライバシーに関わりますのでお教えできません」

つんと澄ました表情で深月は告げた。

「えー、つまんないの！」

「待って、ティア。これはこれでアリかも。左利きを矯正したってことは、両利きみたいなものだよね。物部くんは両手を自在に使えるテクニシャン……それだけで他クラスの女子は色々と想像を膨らませるよ、きっと」

何故か妙に自信ありげな表情でフィリルが言う。

「フィ、フィリルさん、はしたないですわよ！」

頬を染めて注意するリーザ。

「え？　私、別にはしたないこと言ってないけど。リーザは何を想像したの？」

だがフィリルに聞き返され、リーザはさらに顔を真っ赤にした。

「リーザの顔、とっても赤いの。どうして？」

ティアがきょとんとした顔で疑問を口にする。

「っ……な、何でもありません！　何も想像してなどいませんわ！　いいから次はフィリルさんがプレイしてください！」

フィリルへコントローラーを押し付け、リーザは逃げるように後ろへと下がった。

「ふふ、じゃあ私は想像力逞しいリーザがどんなステージを作ったのか、見てみようかな。確か……これだよね？」

ステージセレクトの画面で『ハイウォーカー・タワー』を選ぶフィリル。恥ずかしさと怒りで耳まで火照らせたリーザは、即座に彼女へ言い返す。

「わ、わたくしの想像力は普通です！　まあ、深月さんのステージよりは面白いと思いますけど」

「えっ⁉　私のステージ、つまらなかったですか？」

リーザの言葉を聞き、深月（みつき）はショックを露（あら）わにした。

「あれで面白いという方がどうかしていますわよ。深月さんはモノノベ・ユウが絡むと、途端に頭のネジが緩みますわね」

「自信作のつもりだったんですが……」

がくりと肩を落とす深月。そんな会話をしている間に、フィリルの操作するモノノベがリーザの作った塔へと現れた。入り口のフロアには、大勢の冒険者たちが倒れている。

「……塔の最上階にボスがいるんだね。基本に忠実なダンジョンって感じ」

冒険者たちから情報を得たフィリルは、モノノベを動かして塔の探索を開始した。

「これまでフィリルさんと色々なゲームをプレイしてきましたからね。王道というものは理解しているつもりですわ」

自信ありげにリーザは言う。

「なるほどー……あ、ここ落とし穴だね。回避回避。ん……？　これは謎解きのヒントっぽい。ああ……あのゲームと同じパターンだ」

フィリルは塔内に仕掛けられたトラップや謎をスムーズに解いていった。

「フィ、フィリルさん……わたくしがせっかく一生懸命作ったんですから、もうちょっと悩んでいただけませんか？」

少し悲しそうな顔でリーザは訴える。

「そう言われても……仕掛けは王道過ぎて迷いようがないかも。戦闘のバランスも適切だし、欲しいところに回復ポイントがあるし……あ、ボスに着いた」

「まさか一回もゲームオーバーにならないなんて……フィリルさんにプレイさせるんじゃありませんでしたわ。イリスさんなら、期待通りのところで困ってくれたはずですのに」

後悔の表情でうなだれるリーザ。

「ええっ、リーザちゃん酷いよー」

その呟きを聞いたイリスは頬を膨らませる。

「いえ、兄さんを適切に動かすという意味ではフィリルさんで正解です。イリスさんだと危なっかしくて見ていられませんから」

深月が別の意味でリーザの意見に反論した。

「もうっ、ミツキちゃんまで……あたしだってモノノベを上手く動かせるんだから！」

「本当でしょうか……心配です」

イリスの宣言を聞いても、不安そうな表情を浮かべる深月。

そうこうしている間にフィリルは塔のボスを討伐する。

「……うん、適切な難易度だった」

満足そうに頷くフィリルだが、リーザはがくりと肩を落とした。

「ゲームに難易度設定がある意味が、今分かった気がしますわ……」

落ち込むリーザにアリエラが苦笑を向ける。

「まあまあ、これからいよいよ物部クンの秘密公開タイムだから、ボクはそっちにも期待してるよ」

「ん」

レンも頷き、画面を見つめる。

「リーザが知ってるユウの秘密……何だか、ドキドキするの」

ティアは身を乗り出し、表示されるメッセージウインドウを目で追った。

『そうか……思い出したぞ。俺は、寝顔が可愛いんだ』

「………………」

何とも言えない空気が皆の間に広がる。

「これが、リーザの知ってるユウの秘密？」

きょとんとティアが首を傾げた。

「自分の寝顔が可愛いって自覚してる男の人は……何かイヤだね」

「んぅ……」

アリエラの呟きにレンが同意する。

「こ、これぐらいしか思いつかなかったんですから、仕方ないじゃありませんか！」

皆の反応を見て、リーザは言い訳した。

「っていうか、リーザ……どうして物部くんの寝顔が可愛いって知ってるの？」

ぼそりとフィリルが口にした問いかけに、リーザの表情が固まる。

「そ、それは……さ、作戦での移動中とか、彼はよく仮眠を取っているじゃありませんの」

顔を赤くして答えるリーザだが、フィリルは目を細めてリーザに詰め寄った。

「嘘。そういうときの物部くんは、ちょっと怖い顔してる。リーザ……白状して。どういう場面で、物部くんの可愛い寝顔を見たの？」

「それは、私も気になります」

深月も真剣な眼差しでリーザを見つめる。

「え、えーっと……わ、忘れてしまいましたわ。そ、それより次は誰がプレイするんですの？」

しらを切り、強引に話を変えようとするリーザ。

「あ、リーザちゃん誤魔化したー」

「誤魔化してません！　ほら、イリスさん。先ほど言っていたように、上手くモノノベ・ユウを操ってみせてください」

ツッコミを入れたイリスにコントローラーを押し付け、リーザはベッドの上へと退避する。

「あっ、次あたしがやっていいの？　じゃあどうしよっかなー」

コントローラーを手にしたことで意識がゲームに向いたイリスは、どのステージを選択するか考え始めた。

る。

「……リーザ、後でじっくり話は聞かせてね」

フィリルはまだ追及を諦めていないようだったが、今はゲームが本題だと画面に向き直

「それはティアが作ったの！」

「ライトニング・アタック……何か面白そう！　これにしよっと」

歓声を上げるティア。

画面が切り替わり、馬に乗っているモノノベのグラフィックが表示された。

「上の方から襲ってくる敵を倒したり、避けたりして、進んでいくの！　敵に当たったら体力が減って、ゼロになったらゲームオーバー！」

ティアはステージのルールをイリスに伝える。

それを横で見ていたフィリルは、感心しながら呟いた。

「すごい……これ、RPGっていうより、アクションゲームとかシューティングゲームに近いかも。よく一人でここまで作れたね」

「別に難しいことはしてないの。簡単にできることの組み合わせだもん」

本当に大したことはしていないという風に、澄ました顔で答えるティア。

「よ、よし、じゃあ行くよ！」

イリスは気合を入れてモノノベを動かし始める。

けれど上から飛んでくる矢や向かってくる敵に当たって、あっという間に体力が減って

いった。

「イリスさん、しっかりしてください！　このままでは兄さんがやられてしまいます！」

「えーん、そんなこと言われても……難しいよぉ」

深月に叱咤されたイリスは、情けない声を上げる。

「落ちてる食べ物を取ると、体力が回復するの」

「そ、そうなの⁉」

ティアのアドバイスに従い、イリスはモノノベを食べ物アイテムに向かわせた。

だが食べ物をゲットして体力が少し回復しても、またすぐにダメージを受けてしまう。

「……もう、イリスさんには兄さんを任せておけません！　私がやります！」

ついに見ていられなくなった深月が、横からイリスのコントローラーを奪い取る。

「ええっ⁉　そんなー」

「私が絶対に兄さんを生き延びさせてみせます！」

イリスの文句も耳に入らぬ様子でゲームに集中する深月。

的確に敵を躱し、モノノベはどんどん先へ進んでいく。

「ミツキちゃん、上手い……あっ、そこに回復アイテムがあるよ！」

「兄さんに拾い食いなんてさせられません」

イリスはアドバイスをするが、深月はあえて回復アイテムをスルーした。

「でも体力が残り少ないし、背に腹は替えられないいんじゃないかい？」

「ん」

アリエラとレンが忠告するが、深月は頑なに首を横に振る。

「大丈夫です。兄さんですから」

「もはや理由になってない……」

フィリルもさすがに呆れた様子で、肩を竦めた。

けれど深月は持ち前の集中力と器用さで、ボスに辿り着く。その攻撃を全て掻い潜り、何度もアタックを繰り返し、深月の操作するモノノベの前にボスは倒れた。

「ほ、ホントに勝っちゃったの……」

信じられないといった様子でティアが呟く。

「ふ、ふふ……見ましたか。これが兄さんの力です！」

「いや、深月の力だと思うけど」

ぼそりとアリエラがツッコミを入れるが、昂る深月の耳には届かない。

「では――ティアさんの知る兄さんの秘密を、拝見させていただきましょう」

記憶を取り戻したモノノベの台詞を読み進めていく深月。

『思い出した。俺は……ティアの旦那さまだったのか』

「えへへー、恥ずかしいの。ティアとユウの秘密がバレちゃったのー」

頬を染めてティアは照れながら言う。

「ええっ!!　ティアちゃんとモノノベは、もう結婚しちゃってたの!?」

驚きの声を上げるイリス。

「イリスさん……そんな訳がないでしょう。これは事実ではないので、兄さんの秘密とは言えません。ティアさんには、リテイクを要求します」

だが深月は深々と嘆息し、ティアへやり直しを要求した。

「どうして？　これはホントのことなの」

「ホントじゃありません」

「そ、そうだよね！　ホントじゃないよね！　だったら、こんな話を広めちゃダメだよ！」

イリスも深月に加勢する。

「うう｜、でも……」

抵抗するティアを見て、アリエラが会話に割り込んできた。

「ティアの気持ちも分かるけど、これは秘密にしておいた方がいいんじゃないかな。いきなり噂になると、物部クンも困っちゃうだろうしさ」

「……分かったの。ユウが困るのなら、違う秘密にするの」

渋々と頷くティア。何とか丸く収まったのを見て、リーザやフィリルは安堵の息を吐く。

「さて、それじゃあ次はボクがやらせてもらおうかな。よし――じゃあこのホワイトケイブにしよう」

コントローラーを手に取ったアリエラは、明るい声で言う。

「あっ、ついにあたしのステージだ！」

イリスは少し緊張した様子でアリエラを見守った。

そしてアリエラはプレイを始めるのだが——。

何の捻りも仕掛けもなく、氷の洞窟を抜けただけでステージはクリアになってしまう。

「……何ていうか、まあ普通はこんなものだよね」

苦笑を浮かべてアリエラはイリスの肩を叩く。

「素材を繋ぎ合わせただけで満足しちゃったと予想。よくあること」

フィリルも反対側からイリスの肩に手を乗せた。

「え？　あたし慰められてる⁉　そんなにダメだった⁉」

「いや、ボクも似たようなものだから何とも言えないけど……まあ、ご褒美に期待するよ」

曖昧な表現で言葉を濁し、イベントを進めるアリエラ。

『思い出した。俺は……首筋に三つ並んだホクロがあるんだ』

「……これはまた、微妙なライン」

フィリルが口元に手を当てて唸る。

「普通なら秘密とは言えないし、自分でそんなことを把握しているのもおかしい。けど、何となくドキッとする要素だから、プレイヤーの需要に応えていると言えなくもないような……」

「フィリルさん、真面目な顔で何を考察しているんですか……」

ベッドの上からリーザが呆れた声でフィリルに言う。

「今の秘密は私も知っていましたが……イリスさんはどうして兄さんのホクロに気付いたんですか？　ちょうど後ろ髪に隠れて見えない位置かと思うんですけど……」

不思議そうに深月が訊ねると、イリスは恥ずかしそうに頬を掻いた。

「前にモノノベと寝た時があって……その時に……」

「ね、寝たっ⁉」

裏返った声を上げる深月。他の皆も顔を赤くしてイリスを見つめる。

「あっ、へ、変な意味じゃないよ！　リヴァイアサンが襲ってきた時、不安で一緒にいてもらっただけで……モノノベはずっとあたしに背中を向けてたし！」

皆の反応を見たイリスは慌てて言い訳し、説明を続ける。

「それで……その、ずっとモノノベを後ろから見てたから……ホクロに気付いたの」

「物部くんと、添い寝したんだ……いいなぁ」

フィリルがぼそりと感想を漏らし、茫然としていた皆も我に返った。

「イリスだけずるいの！　ティアも一緒に寝たかったの！」

「え？　そ、そんなこと言われても……まだティアちゃんミッドガルにいなかったじゃない」

言い合いをするイリスとティアを見て、アリエラは溜息を吐く。

「やれやれ……ホクロ以上に秘密らしい秘密が出てきたけど——これはさすがにゲームへは入れられないね」

「あ、当たり前です！　そんなことをしたら既成事実に——い、いいえ、風紀の乱れを助長することになりますから！」

真面目な顔で断言する深月。

そんな騒ぎの中、レンが床に置かれたコントローラーを手に取り、ゲームをプレイし始める。

「……アリエラのステージ、簡単だった」

そしてあっさりと攻略してしまう。

「えっ……もうクリアしたのかい？」

驚くアリエラに、レンはこくんと頷き返した。

「ん。秘密も、特に面白くなかった」

「うう……レンはこういう時、手厳しいよね」

アリエラはがっくりと肩を落とす。既に画面はステージセレクトに戻っているので、秘密の内容は分からない。

「どんな秘密だったの？」

イリスが問いかけると、レンは短く答えた。

「……お昼、オムライスを食べることが多い」

「あ、確かにモノノべってよく学食でオムライス食べてるよね」

「ん」

こくんと再び頷いたレンは、コントローラーをティアに手渡す。

「じゃ、次はティアの番。残るは、わたしのステージ」

最初に選べる六つのうち、五つはクリア済みとなっていた。あとはレンのステージをクリアすれば、フィリル作のラストステージが出現する。

「分かったの！　ティア、頑張るの！」

気合を入れて、レンのステージを始めるティア。

他の皆が見下ろし型の視点だったのに対し、レンのステージは横スクロール型のアクションゲーム形式だ。

先ほどのティア以上に、ＲＰＧ制作ゲームの枠組みから外れている。かなり根本から作り込んだのだろう。だが――。

「…………む、難しいの」

たった数分で、ティアは音を上げる。

スタート地点から一画面分すらも先へ進めていない。

「すごい速さで敵が襲ってきて、弾まで撃ってくるの！　こんなのどうすればいいの？」

「……ん。敵は倒して、弾は避ける。それだけ」

短く返答するレン。けれどティアはコントローラーを投げ出してしまう。

「ティアには無理なのー！」

「――では、わたくしが代わりに」

リーザが前に出てきてコントローラーを拾う。しかし――その結果は惨敗。

「こ、これは……人間がクリアできるゲームではありませんわ」

がくりと肩を落とすリーザ。

「そんなことない。ちゃんとパターンを把握すれば、行ける」

平然とレンは言い返すが、他の皆もほんの数歩進んだだけでゲームオーバーになってしまう。

「さすがに……これはレン以外、誰もクリアできないかも」

ゲーマーのフィリルですら歯が立たず、コントローラーを置いた。

「んぅ……難易度調整、難しい」

レンはどうして皆がクリアできないのか不思議そうな様子で、首を傾げる。

「レンのステージがクリアできないなら、今日のテストプレイはここまでかな」

苦笑を浮かべ、部屋の時計を見るアリエラ。レンのステージに時間を費やしたため、もう深夜になりつつある。

「ええっ⁉　私のラストステージは？」

愕然とした表情を浮かべ、フィリルは叫んだ。

「――それは次の機会ですわね。まあ、ですが一応レンさんとフィリルさんがどのような秘密を用意していたのかだけ確認しておきませんか？」

「その方がよさそうです。ティアさんのように、修正が必要かもしれないですし」

リーザの言葉に深月が同意する。

「……わたしが用意したのは、身長、体重、血液型とか、色んな情報」

ぼそりとレンが返事をすると、深月の顔が強張った。

「って、それは兄さんのパーソナルデータじゃないですか！　レンさん……ミッドガルのデータベースにハッキングしましたね？」

「んぅ？」

「可愛く誤魔化してもダメです！　レンさんにも修正をお願いします」

「むぅ……」

不満げに頬を膨らませつつも、レンはしぶしぶ頷く。

「フィリルさんの方は……大丈夫ですよね？」

深月はやれやれと溜息を吐き、フィリルに確認した。

「私の情報は……まだ皆にも秘密。ラストステージの、とっておきだし」

けれどフィリルは返答を拒否し、指でバツ印を作る。

「何だか、すごく不安になるのは私だけでしょうか……」

「いえ、わたくしも同じ気持ちですわ。フィリルさん、どのようなものか概要だけでも教えてください」

深月に同意したリーザが、フィリルに言う。

「うーん……仕方ないなぁ。じゃあ、ちょっとだけヒント。このゲームをクリアすると……物部くんの好きな人が分かる」

「ええっ⁉」

フィリル以外の全員が一斉に驚きの声を上げた。

「フィ、フィリルちゃん、モノノベの好きな人知ってるの？」

あたふたしながらイリスが問いかける。

「ふふ……もちろん」

自信ありげに微笑むフィリルだが、リーザは半眼で質問をぶつけた。

「まさか、ご自分だとは言わないですわよね？」

「あれ？　リーザには言ったっけ？」

きょとんと首を傾げるフィリル。

「フィリルさん……その根拠は？」

「女の勘」

低く問いかける深月に、フィリルは自信満々で断言する。そこで深月の我慢が限界を超えた。

「そんなあやふやな根拠で、全校生徒にデマを広めようとしないでください！　フィリルさんもリテイクです！」

びしりとフィリルを指差して叫ぶ深月。

そうしてブリュンヒルデ教室女子一同が始めたゲーム制作は、まだまだ混迷の中を彷徨うことになるのだった――。

UNLIMITED
FAFNIR

✦第二部　ファフニール・ゼロ

◆ブリュンヒルデ・ヴァルキリーズ

第一章　物部深月

1

紺碧の海に白い軌跡を刻みながら、船が進む。

これまでに乗ったことのないような大きな船で、波音はうるさいがほとんど揺れない。

軍艦であるため客船のような飾り気はなく、灰色に塗られた船体は少し不気味だ。

船内には娯楽設備など皆無のため、数日間に及んだ船旅は正直退屈。

けど……あと少し。

強い海風に吹かれながら、私は船の行く手をじっと見つめた。

もうすぐ見えてくるはずだ。彼の——兄さんのいる場所が。

「——ミッドガルは環状多重防衛機構という防衛システムに守られています。今は海に沈んでいて見えませんが、有事には浮上し、物理的な防衛ラインとしても機能するのです」

隣に立つ女性——ミッドガルの職員だというマイカ・スチュアートさんが色々と説明してくれているが、全然頭に入ってこない。

頭の中は兄さんの……物部悠のことで一杯だった。

「ミッドガルへ入るためには、〝見えざる橋〟という予め決められた航路・空路を通らなければなりません。これから少しでも外れると侵入者と見なされ、環状多重防衛機構によって排除されてしまいます」

「へえ、そうなんだ。あっ……じゃなくて、そ、そうなんですか」

おざなりな相槌を打ってしまい、慌てて言い直す。これまで目上の人間と関わることが少なかったため、敬語には慣れていない。

けれど今日からは言葉遣いに気を付けなければ。私は初めての場所で、知らない人たちと暮らしていくのだから。

唯一の例外は、兄さんだけ。

ニブルに身柄を拘束された兄さんは、既にミッドガルで生活を始めているはず。

彼の居場所を探して、目を細める。すると水平線の向こうに微かな島影が見えた。

「あっ！」

思わず声を上げ、指を向けてしまう。

「見えましたね。そう……あの島がミッドガル。〝D〟による〝D〟のための自治教育機関です」

マイカさんは私の指差した方を見て、そう言った。

やっと……やっと会える……兄さんに！

『あとは――俺に全部任せとけ』


耳の奥に蘇る兄さんの声。頭に焼き付いて離れない別れの言葉。

一月前――〝青〟のヘカトンケイルの進行ルートにあった私の住む町・七登市は、竜災により壊滅するはずだった。

けれど兄さんは言葉通りに、何もかもを一人で解決したのだ。

私が物質変換で攻撃しても効果がなかった〝不死不滅〟の怪物を吹き飛ばし、〝D〟の存在を察知したニブルに自ら名乗り出た。

おかげで七登市は踏み潰されずにその姿を留め、私が〝D〟であることも露見せずに済んだ。

しばらくすると避難していた住人が戻ってきて、以前と同じ日常が始まる。

だが、そこに私の求めていたものはなかった。

私があの町を必死で守ろうとしたのは、あそこが私と兄さんが〝家族〟でいられる場所だったから。なのに肝心の兄さんが、私の傍にはいない。

だから、追いかけることにしたのだ。兄さんは怒るかもしれないけど、それでも会いたかった……〝D〟が自然に能力を喪失するという二十歳前後まで、我慢することなどできなかった。

……兄さんが、他の子に取られちゃったら嫌だもん。

これまでに発見された〝D〟は女性ばかりだという。ならば兄さんは、女の子ばかりの中で生活しているということだ。ケッコンの約束を忘れて、可愛い子に目移りしてしまうかもしれない。

まさか……もうウワキしてないよね？

そわそわと落ち着かない気持ちを抱えながら、船が港に着くのを待つ。

その不安がどれほど楽観的なものであるかを、知らぬまま——。

2

「——私は篠宮遥。ミッドガル学園の生徒会長であり、竜伐隊の隊長も務めている」

港へ着くと、そこには白と黒を基調にした制服を纏う少女が待っていた。

年は十七か十八ぐらい。名前からして、私と同じ日本人。整った顔立ちは凛と引き締まり、艶のある長い黒髪を後ろで一つに束ねている。

わあ……綺麗な人。

私は返事を忘れ、つい見惚れてしまう。それを見たマイカさんが、私に代わって口を開いた。

「この方は物部深月さん。年齢は十三歳。日本で発見された〝D〟です。全校生徒への紹介は明日、集会を開いて行います」

「ブリュンヒルデ教室に配属されるというお話でしたが？」

張りのある声で問う遥さんに、マイカさんは頷き返す。

「その予定です。後のことはお任せして構いませんか？」

「はい、大丈夫です。まずは寮に案内して必要な説明を行います」

そう答えた後、遥さんは私の方に向き直った。

「物部深月――私もブリュンヒルデ教室の所属だ。ただ、私はもう必要な教育課程は終えていて、皆を指導する立場になってしまっている。共に授業を受ける機会は少ないだろうが、これからよろしく頼む」

白くて綺麗な手を差し出してくる遥さん。

「よ、よろしくお願いします！」

見惚れている場合ではないと、私は慌てて返事をし、彼女の手をぐっと握る。

「ああ」

遥さんはにこりと微笑み、頷いてくれた。綺麗で大人っぽい感じだと思っていたが、笑うと何だかちょっと幼く見える。

そのおかげか少し緊張が解け、まず聞かなければならないことを思い出した。

「あ、あの、兄さんには会えますか⁉」

唐突だとは自覚しつつも、私は遥さんに問いかける。

「兄さん？」

きょとんとした表情を浮かべる遥さんに、私は足りなかった言葉を継ぎ足していった。

「私より先に、ミッドガルへ送られたはずなんです！　名前は物部悠！　どの教室に配属されたか教えて貰えないでしょうか！」

遥さんの手を強く握りながら、私は懸命に説明する。だが彼女の表情には、困惑だけが広がっていった。

「ちょ、ちょっと待ってくれないか。兄さんと言うからには、物部悠は男性なのだろう？〝D〟の能力が発現するのは女性だけだ。男性がミッドガルへ移送されてくることはない」

「え……？」

その返答に私は呆然とする。

遥さんは、兄さんのことを知らない？　兄さんは、ここにいない？　そんなわけ――。

「違います！　兄さんは、男だけど〝D〟なんです！　だから、ミッドガルにいないとおかしいんです！」

「そう言われてもな……」

困った顔で遥さんはマイカさんと顔を見合わせる。

「嘘じゃ、ありません……私、ニブルに自分が〝D〟だって名乗り出た時、兄さんのことも話しました。〝青〟のヘカトンケイルと戦ったのは、私と兄さんだったって……」

その言葉を聞いた遥さんの顔色が変わった。

「何――君は、あの、ヘカトンケイルが一時的に消失した件に関わっているのか?」

「はい……兄さんは、私のために戦ってくれたんです。そして……そのことを説明しても、ニブルの人は驚いていませんでした。兄さんのことを、知っている感じだったんです。だから……」

当たり前に、ミッドガルへ行けば会えるだろうと考えてしまった。早く会いたいという想いで胸が一杯になり、マイカさんに確認することも忘れていたのだ。

「どうやら、嘘を吐いているわけではなさそうですね」

マイカさんは私をじっと見つめ、真剣な表情で呟く。

「しかし男の〝D〟など……簡単に信じられることでは――」

けれど遥さんは戸惑った様子で口元に手を当て、首を横に振った。

「……確かに。これは、私たちの手には余ります。シャルロット様に事情を説明し、判断を仰ぎましょう」

「学園長に、ですか?」

私の頭上で話し合うマイカさんと遥さんを、私は不安な想いで眺める。

何がどうなっているのか、これからどうなるのか、全く分からない。

ただ一つ確かなのは、私は兄さんのいない場所へ来てしまったということだけ。

そのことは私の心を暗く染め、目に涙が込み上げてくる。泣いているところを見られたくなくて、私は顔を伏せた。

「――大丈夫だ」

だがポンと優しく肩を叩かれ、はっと顔を上げる。遥さんが温かい眼差しを私に向けていた。

「何の証拠もない状況で、君の話を全て鵜呑みにすることはできない。けれど、それでも私たちは君の味方だ。君が泣かずに済むように、私たちは全力を尽くす」

遥さんの力強い言葉に続けて、マイカさんも口を開く。

「彼女は〝D〟の同胞。あなたを裏切ることはありません。ミッドガルは、そういう場所です」

「……ミッドガル」

私は服の袖で涙を拭いながら、その言葉を繰り返す。

これまでは名称以上の意味などなかったミッドガルという響きに、私は頼もしさと温かさを微かに感じていた――。

3

港からでも見えていた、大きな時計塔。

マイカさんと遥さんは、その最上階へと私を案内した。

「――シャルロット様、マイカです」

「入れ」

重厚な扉の向こうから返ってきた声は、鈴を鳴らしたような澄んだ声。学園長という言葉から年配の人物を想像していたが、思ったより若いのだろうかと考える。

「失礼します」

扉を開けるマイカさん。私と遥さんは、彼女の後に続いて室内へ入った。

学園長室はとても広いが、カーテンが閉め切られていて薄暗い。奥の執務机には、小柄な金髪の少女が座っている。

まるで人形――いや、妖精のような女の子だ。

年齢は自分とさほど変わらないように見えるが、まさか彼女が学園長なのだろうか。

「おおっ、その者は今日来た新入りだな！　何と愛らしい！」

目が合うと彼女は表情を輝かせ、勢いよく椅子から立ち上がった。

「あ、あの、物部深月です。よ、よろしくお願いしま――」

やはり彼女が学園長のようだと、私は緊張しながら挨拶をしようとする。けれど台詞を言い切る前に、駆け寄ってきた彼女に両手をがしっと握られた。

「近くで見るとさらに可愛いのぉ！　もう二、三年もすれば、もっと美人になるぞ！　ミッドガルの学園長である、このシャルロット・B・ロードが保証しよう！」

「……ありがとう、ございます？」

どうやら褒められているようなので、困惑しつつも礼を言う。

「はぁ……」

遥さんは私の隣で、何故か溜息を吐いていた。どこかうんざりとした表情だ。

「見知らぬ場所へ来たばかりで不安であろう。私が手取り足取りミッドガルでのいろはを教えてやろうではないか！　隅から隅まで、余すところなくのぉ……ふふ、ふふふ……」

「え、えっと……」

妖しげな笑みを浮かべる学園長に危機感を感じていると、マイカさんが後ろから学園長の頭を片手で掴み上げた。

「シャルロット様、セクハラはお止めください。指導役は遥さんにお任せしました。あなた様の出番はありません」

「痛たたたたっ⁉　は、離せマイカ！　私はセクハラなどしておらん！　ただの親切心で――」

「それにしては、笑みに邪なものを感じたのですが……まあ、いいでしょう。今回は見逃してさしあげます」

マイカさんが手を離すと、学園長はドタンと床に落ちて尻餅をつく。

「うう……せっかく無垢な愛らしい少女と、キャッキャッウフフできるチャンスだったというのに……」

ぶつぶつと呟きながら立ち上がる学園長。

「本音が漏れていますよ、シャルロット様。そのような下らない願望は捨てて、学園長としての責務を果たしてください。重要なお話があります」

「重要な話？」

「はい、詳細は彼女から」

マイカさんはそう言って、私を視線で促した。

兄さんのことを話せということだろう。学園長という偉い立場の人なら、何か知っているかもしれない。

「物部深月、こんな人ではあるが……学園長はミッドガルの最高責任者だ。必ず力になってくれるだろう」

遥さんはそう言って、私の背中を軽く押す。

「あ、あの、実は――」

彼女に勇気を貰った私は、意を決して事情を語り始めた。

今度はできるだけ分かりやすく、かつ詳細に。

話が進むほどに学園長の顔は真剣なものとなり、宝石のような碧色の瞳に鋭い輝きが宿った。

「――〝青〟のヘカトンケイルを退けた、男の〝D〟か。そのような話は初耳だ」

けれど彼女もまた兄さんのことを知らないらしく、私は落胆して肩を落とす。

「そう、ですか……」

「恐らくは、そなたの兄――物部悠の身柄を拘束したニブルが、情報を隠匿しているのだろう。全く……忌々しい者共だ」

しかし学園長が続けて口にした言葉に、私はハッと顔を上げた。

「え……？　信じて、くれるんですか？」

「当然だ！　そなたのような愛らしい乙女の言葉を疑いはせん。それに何より、そなたの瞳には狂おしいほどの必死さが宿っておる。兄に――会いたいのだろう？」

「はい！」

一も二もなく即答し、深く頷く。

「ならば、私に任せておけ。ニブルには私の力が十分に及ばんが……必ずやそなたの兄を探し出してみせよう」

「っ……ありがとうございます‼」

目の前を覆っていた暗闇が一気に晴れたような気分で、私は礼を言った。

「ただし――存在を確認できても、具体的な証拠を掴んでニブルに情報の隠匿を認めさせるのは難しい。身柄の奪還は、さらに困難を極めるだろう。政治的な大きな力と、時間が必要となる。そのことは覚悟しておいて欲しい」

真剣な表情で学園長は私に釘を刺す。根拠のない希望的観測を持たせるのではなく、どうしようもない現実も突き付ける。

けれどそれは私にとって、むしろ嬉しいことだった。

だって学園長は今、私がこれから何をすればいいかを示してくれたのだから。

「――分かりました。私も……頑張ります。兄さんにまた、会うために」

政治的な力が必要だと言うなら、手に入れてみせる。

今すぐには無理だけど。頑張って、努力して、絶対に――。

4

翌日、講堂で全校生徒に自己紹介を終えた私は、これから所属することになるブリュンヒルデ教室へと案内された。

「――あまり硬くならなくていい。今、教室にいるのは、少し前にミッドガルへやってきた二人だけだ。新入り同士、すぐに仲良くなれるだろう」

教室の前で足を止めた遥さんは、緊張している私に声を掛けてくれる。

「じゃあ……ブリュンヒルデ教室に所属しているのは、遥さんを入れて三人だけ……?」

私は驚いて聞き返した。〝D〟の数が多くないことは知っていたが、想像以上に少ない。日本で私が通っていた学校は、一クラスに三十人以上の生徒が机を並べていたので、そのギャップに戸惑う。

「ああ、少し前に先輩たちが〝卒業〟してしまってな。私もじきにそうなる。ブリュンヒルデ教室は、世代交代の時期なんだ」

卒業……それは恐らく、大人になって〝D〟の能力を喪失し、ミッドガルから出ていったということ。

　各教室は年代の近い者が集められているというが、〝卒業〟の時期が近付けば若い者を新たに入れなければならなくなる。

　今のブリュンヒルデ教室は、新入りたちが集まる場所になっているのだろう。

「では行くぞ、物部深月」

「は、はい！」

　私が頷くと、遥さんは扉を開けて教室に入っていく。私も遅れないよう、後に続いた。

　横目で教室の中を眺める。席は３×３の九つしかなく、前列の両端に二人の女子生徒が座っていた。

　一人は長い金髪の少女。遥さんと同じく凜とした雰囲気を纏っているが、余裕と柔らかさのある遥さんに比べると、少し硬い印象を受ける。

　もう一人は文庫本を手にしたショートカットの少女。本の世界に浸っていたのか、顔を上げた彼女は、ぼうっとした表情で私を見た。

「先ほど全校集会で通達したばかりだが、改めて紹介しよう。今日からブリュンヒルデ教室の一員となる物部深月だ」

　教壇に立った遥さんは、私を紹介する。

「も、物部深月です。日本から来ました。よろしくお願いします！」

　上擦った声で挨拶をし、私は深々と頭を下げた。

パチパチパチと拍手が返って来て、私はほっとしながら顔を上げる。

「では、君たちも順番に自己紹介をしてくれ」

遥さんは拍手が収まるのを待ってから、二人のクラスメイト達を促した。

「――分かりましたわ」

先に金髪の少女が立ち上がり、青い瞳で真っ直ぐに私を見つめる。

「わたくしはリーザ・ハイウォーカー。イギリス出身ですわ。何か分からないことがあれば、いつでも質問してくださって構いませんわよ」

さらりと黄金色の髪を掻き上げ、彼女は堂々と名乗った。私と同い年ぐらいだが、風格のようなものを感じて少し気圧される。

「……まあ、私たちもミッドガルに来たのはついこの間だから、分からないことの方が多いんだけどね」

だがもう一人のショートカットの少女がぼそりと呟くと、リーザさんは顔を赤くした。

「ちょ、ちょっとフィリルさん！　せっかく先輩らしく振る舞おうとしましたのに、余計なことを言わないでください！　これでは深月さんが不安に思ってしまいますわ！」

「でも……無理は良くない。きっとリーザ、強がって失敗するから」

「う……」

さらに赤くなったリーザさんは、バツが悪そうな表情で席に着く。どうやら最初の印象よりも、親しみやすい人のようだ。

硬く感じた雰囲気も、頼りになる先輩として振る舞おうとしていた結果らしい。

そして着席したリーザに代わって、今度は先ほどフィリルと呼ばれた少女が起立する。

「……初めまして。私は、フィリル・クレスト。先輩じゃなく、同期として仲良くしようね」

「は、はい！　よろしくお願いします、フィリルさん。リーザさんも、お気遣い嬉しいです」

私はフィリルさんとリーザさんにペコペコと何度もお辞儀をした。

「深月さん、そんなに何度も頭を下げなくてもいいですわよ。行き過ぎた謙虚さは、卑屈にも見えてしまいますわ」

「あっ、すみません。気を付けます……」

リーザさんから注意された私は慌てて謝る。

「あー、リーザがまた先輩風を吹かせたー」

「こ、これぐらいはいいじゃないですの！」

フィリルさんのツッコミに、リーザさんは頰を染めてそっぽを向いた。

「では——互いの紹介も終わったようなので、席を決めよう。物部深月、空いている席ならどこでもいいので座ってくれ」

会話が途切れるタイミングを待っていたのか、遥さんがよく通る声で話を進める。

「どこでも、ですか？」

「ああ――と、忘れていた。窓際の一番後ろは私の席だから、それ以外でな」

そう言うと、篠宮先生は私の背中をポンと押した。

教壇から降りた私は、リーザさんとフィリルさんの視線を感じながら、空いている席を見回す。

「じゃ、じゃあ……ここで」

廊下側、一番後ろの席に腰を下ろすと、対角線上の位置に座るフィリルさんが不満そうな目を向けてきた。

「えー……どうしてそんなに遠い場所に座るの？　私のこと、嫌い？」

「ち、違います！　皆さん、それぞれ角の席に座られているので、私はここかな……と」

私は慌てて言い訳し、他意がないことを伝える。

「こっちにおいでよー。私、日本の漫画やアニメに興味があるから、そういう話をしたいの」

「え、えっと……」

手招きされてどうしようか迷っていると、リーザさんが口を挟んできた。

「深月さんは、その席でいいと思いますわ。席が決まっているのは授業中だけなんですから、話したいなら休み時間に集まればいいだけです」

「ええー……でも、リーザぁ」

フィリルさんは頰を膨らませて文句を言う。

「フィリルさんが近くの席だと、授業中にちょっかいを掛けてくるじゃないですか。ですからわたくしも、こうして席を離しているんですわ」

肩を竦めたリーザさんは、どうするのかという眼差しを私に向けた。

「あの……そういうことなら、私もこの席で……」

少し迷いつつも、私は自分が選んだ席に座り直す。

「……リーザの意地悪」

「さっきのお返しですわ」

不機嫌そうな顔で呟くフィリルさんと、澄ました顔で受け流すリーザさん。

遠慮のないやり取りをしている二人は、とても仲が良さそうだ。

けれどあまり疎外感はない。何となく、自然と打ち解けていけそうな雰囲気を感じる。

まずはフィリルさんと……漫画やアニメの話をして、仲良くなろう。

胸の内でそう決心しつつ、昔見たアニメや実家から持ってきた漫画のことを私は頭の中で纏め始めた——。

5

「かくう、ぶそう？」

——初めての実習。体操着に着替えて地下の演習場へやってきた私は、耳慣れぬ言葉に首を傾げる。

「そう——その名の通り、イメージで思い描いた架空の武器を、上位元素で構築するのですわ。ただし物質変換をしてはいけません。上位元素のままで、形だけを変えるんですの」

体操着姿のリーザさんはそう説明しながら、右手に上位元素を生成した。

「むむ……」

目を閉じ、眉間に皺を寄せて念じるリーザさん。すると上位元素が形を変えて細長くなり、槍っぽい形になる。

「こ、こんな感じですわ。上位元素のままで保持するのは、思った以上に難しいんですわよ」

「すごいです、リーザさん！」

私は感心して声を上げると、横からフィリルさんが肩を叩いてきた。

「……深月、リーザのは手本にしちゃダメ。ほら、全然形が定まってないでしょ？　あれじゃあすぐに消えちゃうの」

その言葉通り、リーザさんの手にあった槍の架空武装は泡となって消失してしまう。

「い、いつもはもう少しちゃんとできるんですわよ！」

顔を赤くするリーザさんを見て、フィリルさんはやれやれと溜息を吐いた。

「はぁ……リーザ、また強がってる」

「別に強がってなんか……」

「というか、今は準備運動の時間。勝手に下手な見本を披露してたら、遥さんに怒られる」

そう言ってフィリルさんはモニタールームの方を見る。ガラス越しの部屋では、遥さんがミッドガルの職員らしき人たちと何か話をしていた。

「むむ……わたくしだって、架空武装の名前が決まればもっと上手くやれるはずですのに……」

「名前？」

悔しそうに呟くリーザさんに、私は疑問の眼差しを向ける。

「架空武装には名前を付けて、イメージをより明確にする必要があるのですわ。ただ実際にある物の名称を付けると逆にイメージが固まりすぎて、物質化してしまう恐れがあります。なので伝説上の武器などから名前を取ってくるのが一般的なのですけれど……」

「……リーザは、なかなか名前が思いつかない」

フィリルさんがリーザさんの言葉を途中で引き取り、肩を竦めた。

「だって……わたくし、あまりそういうことに詳しくないんですもの」

悔しそうな表情で呟くリーザさん。

「あの、フィリルさんはもう架空武装に名前を付けたんですか？」

私は気になって問いかけてみる。

「……うん。私の架空武装は、ネクロノミコン」

「あっ、それ知ってます！　伝説の魔導書の名前ですよね！」

「そう。深月……こういうジャンルに詳しいんだ？」

少し驚いた顔でフィリルさんが私を見た。

「はい。アニメやゲームの中でも、よく出てくる名前ですから。それに世界の神話とかにも興味ありますし」

ちょっと得意になって私は頷く。

「へえ……じゃあ、リーザの槍に名前を付けてあげたら？」

「ええっ⁉　私がですか？」

「うん、このままだとなかなか決まりそうにないし。いいよね、リーザ？」

フィリルさんが訊ねると、リーザさんは複雑そうな表情を浮かべた。

「ま、まあ……いい感じの名前でしたら候補にしてもいいですけど」

「それなら――うーん……リーザさん、さっきの架空武装は槍ですよね？」

私は名前を考えながら、リーザさんに確認する。

「ええ、そうですわ。習い事の一つで槍術を嗜んでいましたの」

「じゃあ………グングニル、なんてどうですか？　北欧の最高神・オーディンが持っていた伝説の槍です」

槍と聞いてまず思いついたものを私は提案した。

「な、何だか凄そうですわね。グングニル……響きも悪くありません」

「リーザ、気に入った？」

フィリルさんが問いかけると、リーザさんは躊躇いがちに頷く。

「まあ……その、わたくしが持つに相応しい高貴な名称だとは思いますわ」

その返事を聞いたフィリルさんは、私に向けてぐっと親指を立てた。

「よかったね、深月。リーザ、すっごく気に入ってる」

「あ……嬉しいです！」

ほっとすると思わず頬が緩む。そんな私を見て、リーザさんは恥ずかしそうに視線を逸らした。

「と、とりあえず候補の一つに加えただけですわ！　で、ですが……感謝はいたします」

「はい！」

リーザさんと少し仲良くなれた気がして、心が弾む。

「リーザ・ハイウォーカー、フィリル・クレスト、物部深月、そろそろ実習を始めるぞ」

そこに職員との打ち合わせを終えた遥さんがやってきた。

「教師役は私だ。まずは新入りの物部深月に架空武装について――」

「あ、それならさっきリーザが説明しました。勝手に」

フィリルさんが手を挙げて発言する。

「ちょっ、ちょっとフィリルさん！」

慌ててリーザさんが声を上げるが、遥さんは構わずに話を進めた。

「ふむ、そうか。ならば実演に移ろう。物部深月、よく見ておけ」

遥さんはそう言うと右手を翳す。するとそこに黒い球体――上位元素が現れた。

「――アマノムラクモ」

鋭い声で遥さんが告げる。すると上位元素の輪郭が揺らぎ、細く、長く、伸びていく。

最初は槍かと思ったが――違う。

それは、遥さんの身長ほどもある大きな刀。刀身は淡く紫に輝いていた。

先ほど見たリーザさんの架空武装とは、完成度が違う。完全に物質化してしまっているのではと思うほど、その輪郭は安定していた。

「これが、刀をイメージした私の架空武装だ。武器を振るうイメージと共に物質変換を行えば、それは自動的に強力な攻撃となる」

遥さんは刀の架空武装を手に、モニター室の方へ目配せをした。

ゴォォォ――と重い音が演習場に響き、天井から大きな黒色の立方体が降りてくる。あれは……鉄の塊だろうか。

「今からあの鉄塊を、物質変換で斬ってみせよう」

「斬る……？」

鉄塊までの距離は数十メートルあるのにと、私は首を傾げた。

「イメージし難いか、物部深月？　まあ、百聞は一見に如かずだ。何故、架空武装が必要なのかを……この一撃で示す」

遥さんは架空武装を水平に構え、遠くの鉄塊を見据える。

空気が張りつめ、私はごくりと唾を呑んだ。リーザさんとフィリルさんも、遥さんの気迫に圧倒された様子で口を噤んでいる。

「一の太刀――水閃」

大きな踏み込みと共に、遥さんが刀を振るう。鞘にこそ収まっていないが、それはまさに居合いの動作。

そして空を薙いだ架空武装から放たれる青い軌跡。それは飛翔する斬撃となり――彼方の鉄塊を両断した。

「な……」

二つに分かたれた鉄塊を見て、私は驚きの声を漏らす。

「今、私が生成したのは水だ」

遥さんがこちらを振り向き、自分のしたことを解説した。

「水で……鉄を切ったんですか？」

「ああ、高密度に圧縮すれば水でも鉄を斬れる。まあ〝斬撃〟という運動エネルギーを付与されてこそ可能になる芸当だがな」

手にした架空武装を虚空に返し、遥さんは笑う。

「斬撃……」

「そう――架空武装から物質変換を行えば、そこには武器を用いたイメージが無意識で乗るだろう？　この無意識、という部分が重要なんだ。物質変換だけに集中できるから攻撃速度も速くなるし、より高度な変換を攻撃に用いることも可能になる」

遥さんはそう説明すると、私の頭にポンと手を乗せた。

「君も自分の扱いやすい架空武装を見つけ出すといい。何か、武道の経験は？」

「その、特に何も……」

ちょっと恥ずかしかったが、正直に答える。

「別にきちんと習っていなくてもいいんだ。架空武装を扱うのに技術は必要ないからな。武器を持った経験が皆無なら、フィリル・クレストのように〝魔法〟をイメージするという方向性もあるが――」

「あっ……少しでいいなら、昔、学校の体験学習でアーチェリーを触ったことが……で、でも、的まで飛ばせませんでしたが……」

私はふと思い出したことを、そのまま口にした。

「いや、それで十分だ。まずは弓を試してみるといい」

「分かりました。けれど……どうしてそこまで戦うための力が必要なんですか？」

頷きつつも、私は疑問に思ったことをぶつけてみる。

このミッドガルは厳重な防衛システムに守られており、何かと戦う機会があるとは思えない。

「〝D〟には現在、対ドラゴン戦の切り札としての活躍が期待されている」

「ドラゴン戦の切り札……」

息を呑み、私は遥さんの言葉を繰り返した。

「物質変換で引き起こせる現象は、時に現代兵器を軽く凌駕する。私たちには、竜災で苦しむ人々を救える可能性があるのだ。ゆえに、君も己の力を磨いて欲しい」

「は、はい……頑張ります！」

これは、ドラゴンと戦うための訓練なんだ……。

内心そのことに驚きつつ、私は手のひらに上位元素（ダークマター）を生成する。

脳裏に過ぎるのは、故郷の町に迫ってきた青き巨人――ヘカトンケイルの姿。

私の力ではどうにもならなかった。だから兄さんに全てを押し付けてしまった。

……訓練すれば、私にも何かを守れるのかな。

底の見えない黒い球体を眺めながら、胸の奥で自問する。

強くなり、戦えるようになれば……それは、兄さんと会うための力になるだろうか。

――分からない。

6

けれど今は、目の前のことを一つ一つ乗り越えていくしかない。

その想いを込めて、私は上位元素の形を変えていく。

兄さんを奪った〝何か〟と、ドラゴンに立ち向かっていくための、武器の姿へと――。

ミッドガルでの日々は新しいことばかりで、戸惑うことが多かった。

勉強や、上位元素の実習、寮での当番——色んなことを必死で頑張っているうちに、いつの間にか二週間が経つ。

ゴォォォォ——！

その日、窓の外からは強い風の音が聞こえていた。

木々が大きく揺れ、木の葉が空を舞っている。遠くに見える海は灰色に染まり、かなり荒れているようだ。

「雲が、すごい速さで流れてますね」

私が空を見上げて呟くと、フィリルさんがこくんと頷いた。

「……台風、やだな」

「今は風だけですが、この分だと雨も降りそうですわ。帰りはずぶ濡れになってしまうかもしれません……」

リーザさんも厚い雲に覆われた空を見ながら、表情を曇らせる。

教室の窓際に集まった私たちは、同時に溜息を吐いた。

ミッドガルに来て、初めての台風。寮がすぐ近くにあるためか、こんな日でも学園は休みにならず、私たちは普段通りに登校している。

ガラララ——。

その時、扉が開く音が耳に届いた。振り向くと、遥さんが教室の入り口で足を止めたまま、こちらを見ている。

「皆――悪いが、私の担当する今日の実習は中止だ」

遥さんの言葉を聞いた私たちは顔を見合わせた。

「台風で休校になるということですの？」

リーザさんが質問すると、遥さんは首を横に振る。

「いや、そういうことではない。実は今日、新入りたちを乗せた船が到着することになっていたのだが……台風の影響で少し遅れている。私はその対応に動かねばならない」

「……新しい子が、来るんだね」

驚いた様子でフィリルさんは呟いた。

私も息を呑む。

二週間前、私がやってきたように、船に揺られて後輩たちがやってくる……。一番の新入りだった私にとって、それは感慨深い出来事だった。

「ああ、今回は一度に三人だ。だがこのままでは嵐の最中に到着することになるだろう。色々と備えておく必要がある」

それを聞いた時、私は反射的に声を上げていた。

「あ、あの！　私に何か、お手伝いできることはありませんか！」

きっと皆、色んな期待と不安を抱えてやってくる。そう考えると、じっとしていることができなかったのだ。

「ふむ……そうだな――」

遥さんは少し驚いた顔をした後、口元に手を当てて考え込む。

「深月さんがお手伝いに行くのなら、わたくしもご一緒しますわ」

「……私も」

するとリーザさんとフィリルさんも手を挙げた。

「皆さん……」

私が二人を見ると、彼女たちはニコリと笑い返してくれる。

「では、君たちには生徒会メンバーの補助を頼もう。付いてきてくれ」

「はい！」

遥さんの言葉に声を合わせて応じ、私たちは新たな同胞を迎えるために教室を出た。


空は暗くなり、風は一段と強さを増していく。

レインコートを羽織った私は、学園のエントランスで生徒会の人達と一緒に、皆がやってくるのを待つ。

遥さんと竜伐隊の精鋭たちは、船が安全に港へ接舷できるよう、巨大な風の防壁を展開するという大仕事を行っていた。

リーザさんとフィリルさんは港で、私は学園で、それぞれ救護役として待機している。

濡れた体を拭くためのタオルをレインコートの内側で抱き締めつつ、私は嵐にさえ抗える〝D〟の力に畏怖を覚えていた。

そして同時に理解する。竜伐隊に入れるぐらいにならなければ、本当の意味で遥さんの手伝いはできないのだと。

最近、ようやく架空武装が安定してきたばかりの私にとって、その場所は遠い。

——強く、なりたいな。

激しくなる横殴りの雨に打たれながらぼうっと考えていると、霞む景色の向こうにレインコートの黄色が目に映った。

「来ました！」

私は生徒会の人達に知らせ、雨の向こうに手を振る。

「こっちですー！」

そんな私たちの元に駆け込んでくる少女たち。

「ぷはっ！」

エントランスに辿り着いた最初の一人はフードを勢いよく外して、雨に濡れた顔を拭った。

「大丈夫ですか！」

私は急いで彼女に近づき、タオルを差し出す。

「——私よりも他の子を。みんな酷い船酔いで参ってる」

「でも、風邪を引きます」

遠慮しようとする彼女に強くタオルを押し付けると、手が微(かす)かに触れ合った。

雨に打たれていたせいか、かなり冷えている。

彼女は少し困った様子だったが、他の子にも救護が駆けつけているのを見て、私のタオルを受け取った。

「——ありがとう。私、篠宮都(しのみやみやこ)」

顔をタオルで拭いた後、彼女は私に礼を言う。

「っ……」

遥(はるか)さんと同じ苗字(みょうじ)であることよりも、その表情に私は息を呑(の)んだ。

それは眩(まぶ)しいほどに素敵な笑顔だったから——。

「あなたの名前は？」

問いかけられ、私は我に返る。

「あ……も、物部深月(もののべみつき)です」

同い年ぐらいで、しかも新入りだというのに、私は彼女の存在感に圧倒されていた。

「いい名前だね。よろしく、深月」

そう言って彼女は私に手を差し出す。

「はい——よ、よろしくお願いします」

私は彼女の手を取り、ぎこちなく挨拶を返した。

触れた肌はやはり冷たい。
けれど私の手を握り返してくる彼女の手は、とても力強かった。

第二章　篠宮都（しのみやみやこ）

1

「じゃあ、都さん。今日からルームメイトとしてよろしくお願いします」

二段ベッドと勉強机だけが置かれた、女子寮の一室。これまでは私一人が使っていたその部屋に篠宮都さんを招き入れ、ぺこりと頭を下げる。

ミッドガルへ新たにやってきた三人の〝D〟──そのうちの一人は何と遥（はるか）さんの妹で、彼女はブリュンヒルデ教室に配属された。そして私のルームメイトになったのだが……。

「……どうしたんですか？」

私が顔を上げると、何故（なぜ）か都さんは奥歯に物が挟まったような顔で私を見ている。

ガタガタと響く窓の音。

台風は既にミッドガルを通過したが、暗くなった窓の外はまだ強風でざわめいていた。

「うーん……あのさ、深月（みつき）」

背負った荷物を床に降ろさぬまま、何か言い辛（いいづら）そうな様子で頭を掻（か）く都さん。

「あ……もしかして、同室は嫌でしたか？　希望すれば一人部屋にしてくれるそうなので、今からでも遥さんに──」

ルームメイトという制度は部屋数が足りていないから採用されているのではない。親元を離れた〝D〟たちの孤独を埋めるために始まった習わしだと言う。

けれど当然、一人を好む者もいる。そうした場合は事前に申請すれば一人部屋になれるのだが、きっと彼女はそのタイミングを逃してしまったのだろう。

そう考えた私だったが、都さんは慌てた様子で手を振った。

「ち、違うって。深月のルームメイトになれて、私はすっごく嬉しいよ！　私が言いたいのは、その、言葉遣いに関してというか……」

「言葉遣い？」

どういうことかと首を傾げると、都さんは私の目を真っ直ぐに見て口を開く。

「うん──あのさ、私は深月の後輩で、しかもこれからはルームメイトになるんだし……敬語は止めにしない？　あと〝さん〟付けもなしで」

「ええっ、でも──」

思いがけない申し出に、私は戸惑う。

「お願い。きっとその方が、仲良くなれると思うの」

強い眼差しで訴えてくる都さん。私はその勢いに押され、首を縦に振った。

「……都さんが、そこまで言うのなら」

「ありがとう深月！　けど、都さんじゃなくて、み・や・こ」

声を弾ませて感謝する彼女だったが、しっかりと訂正を求めてくる。

「は、はい、すみません――あ……じゃなくて、ごめんね……都」

「そうそう、その感じ！　ばっちりよ！」

「……ミッドガルへ来てからはずっと敬語だったし、慣れるまで時間が掛かりそう」

喜ぶ都を前に、私は溜息を吐いた。

けれど、決して嫌ではない。くすぐったい想いを胸に抱きながら、私はこれからの毎日が騒がしくなる予感を覚える。

そしてその予感はすぐに現実のものとなった。

「深月さん、お邪魔しますわよ」

「……こんばんはー」

開いたままだった扉から、リーザさんとフィリルさんが部屋に入ってくる。

「お二人とも、どうしたんですか？」

私は何事かと彼女たちに問いかける。

「簡単にですが、歓迎会をしようと思いまして」

少し照れくさそうに頬を掻くリーザさん。

「お菓子……たくさん持ってきた」

フィリルさんは両手いっぱいに抱えたお菓子を床に広げた。

「わあっ！　ありがとう二人とも！」

都は歓声を上げて、二人に礼を言う。

「遥さんは少し遅れて来るそうなので、わたくしたちは先に始めてしまいましょう」

「お姉ちゃんは甘い物に目がないから、できるだけ早く食べておいた方がいいと思うよ」

床に腰を下ろしたリーザさんに、都は遥さんの意外な一面を明かす。

「ふふ……お菓子だけじゃなくて、遊べる物も色々持ってきた。今夜は、寝かせない」

フィリルさんは怪しげな笑みを浮かべ、トランプをポケットから取り出した。

今夜は長く楽しい夜になりそうだ。

甘いクッキーを一つ頬張ると、自然と笑みが零れる。

満たされた、楽しい日常。

欠けているのは——兄さんだけ。

2

「……学園長が色々と手を回してくれているが、未だ君の兄——物部悠の居所は摑めないらしい。待たせてしまい、すまないな」

人気のない学園の中庭——花壇を囲むように設置されたベンチに座り、私は遥さんと話をしていた。

私がミッドガルへ来て約一ヵ月。遥さんはこうして時々、兄さんに関する調査の経過報告をしてくれる。

「そ、そんな、謝らないでください！　私は……皆さんにお力を貸していただいているだけで、本当に感謝しているんです」

慌てて首を横に振った私は、頭を下げようとする遥さんを押し留めた。

これは本心からの言葉だ。私一人では、どこをどう探していいのかすら分からないのだから。

「そう言ってもらえると、気が楽になる。しかし私もあらゆる手を使って調査を続けよう。お飾りの軍階級にも、きっと使いようがあるはずだ」

遥さんは表情に決意を滲ませて呟く。その言葉はとてもありがたかったが、後半の台詞に私は疑問を覚えた。

「軍階級……？」

「ああ――そういえば、一般生徒への通達はまだだったか。実はな――対ドラゴン戦においてニブルと共同戦線を展開することを想定し、〝D〟全員に正式な軍籍と階級が与えられるらしい」

遥さんは少し複雑そうな顔で私に説明する。

「私たち……軍人になるってことですか？」

「まあ、建前上の話だ。普段の生活には何の変わりもないし、ニブルが私たちとの共闘を望むかも怪しい。ただ――戦闘行為を行う者は、軍人でなければ都合が悪いのだろう」

「色々と……難しいんですね」

大人の事情や建前はいまいち理解できず、私は曖昧に相槌を打った。

「君のような新入りは、二等兵。竜伐隊の隊長である私は、中佐になるそうだ。どの程度の権限を得られるかは分からないが……可能な限り利用させてもらうさ。任せておけ」

強気な笑みを浮かべ、遥さんは私の肩をポンと叩く。

きっと励ましてくれているのだろう。けれど、私は素直に頷くことができなかった。


『あとは――俺に全部任せとけ』


そう言っていなくなってしまった大切な人を思い出したから。

今の自分には何の力もない。けれど全てを他人に任せてしまうのは、もう嫌だ。

「あの……遥さん」

私はある決心をして、口を開く。

「どうした?」

「軍階級を上げるには……どうしたらいいんでしょうか?」

その問いだけで遥さんは私の気持ちを察したのか、表情を僅かに引き締めた。

「――手っ取り早いのは、生徒会や竜伐隊に所属することだろうな。特別な立場になれば、相応の階級が与えられるだろう。しかし、それで君の兄を見つけ出せるかどうかは……」

「分かってます。でも、何もしないで待っているのは嫌なんです!」

遥さんの言葉を途中で遮り、私は自分の想いを吐き出す。そんな私を遥さんはじっと見つめた後、ベンチから腰を上げた。

「なら――やれるだけのことをやるといい。生徒会の選挙はまだ先だが、竜伐隊の選抜試験は一ヵ月後に迫っている」

「は、はい！　頑張ってみます！」

私が勢い込んで答えると、遥さんは満足そうに笑い――歩き去りながらひらひらと手を振った。

3

その日の夜――消灯時間が過ぎた女子寮の自室。

私は二段ベッドの下段で布団に包まりながら、上の段で寝ている都に話しかけた。

「都……起きてる？」

「んー……？　なぁにー……？」

眠そうな声が返ってくる。

「私……竜伐隊の試験、受けてみようと思うの」

「竜伐隊……？　え……えーっ⁉」

驚きの声が上がり、ベッドの上からドスンという音が響いてきた。

「ったぁーい……天井に頭ぶつけちゃった……って、それより！」

都がベッドの上段から私のいる下段を覗き込む。

「深月、今の本気？」

逆さまの姿勢で私に問いかけてくる都。

「うん」

私は横になったまま頷く。すると都は器用にベッドからくるんと飛び降りて、私に詰め寄ってきた。

「何で何で！　どうしていきなり——」

「ちょっと思うところがあって……」

苦笑を浮かべて私は言葉を濁す。兄さんについて——男性の〝D〟がいることはみだりに口外しないよう、学園長と遥さんに釘を刺されていた。

「あー、またその顔」

都は不満そうに頰を膨らませ、私をジト目で睨む。

「その顔？」

「深月って時々、何か思い詰めたような顔してるよね。寂しそうで……焦ってるような、そんな感じ。悩んでることがあるなら、私に相談してよ」

「それは……」

気持ちはとても嬉しかったが、約束を破ることはできない。

「私には、話せないことなんだ……？」

悲しそうな顔で呟く都。それを見た私は、とっさに彼女の手を握った。

「あのね、都――事情があって、詳しくは説明できないの。でも……曖昧な話でいいのなら、聞いて欲しい……聞いて、くれる？」

「深月……」

都は少し驚いた顔をした後、真剣な表情になって頷く。

「いいよ、分かった。聞いてあげる」

「ありがとう都――って、どうして私のベッドに入ってくるの？」

二段ベッドの下に入り込み、隣にごろんと寝転がる都へ私は問いかけた。

「だってこの方が話を聞きやすいから。いいでしょ、深月？」

「まあ……いいけど」

少し気恥ずかしかったが、話を聞いてもらうのだからと了承する。

すると都は嬉しそうに私の掛け布団を被って、肩を寄せてきた。

薄いパジャマ越しに触れた彼女の体は、温かくて柔らかい。

「何だか、修学旅行みたいで楽しいねっ！　トランプとかする？」

「……都、当初の目的を忘れてない？」

「あはは、冗談冗談。ちゃんと話を聞くから、安心して」

悪戯っぽく笑った都は、息が掛かる距離で私をじっと見つめる。

あまりに顔が近くてどぎまぎしつつも、私は口を開いた。

「私ね……会いたい人がいるの」

「会いたい人？」

ぱちくりと瞬きをして都は問い返してくる。

「うん……でも、どこにいるのか分からなくて——今の私じゃ、探すことすらできなくて……だから、自分にできることを少しでも増やしたい」

私は都の目を見つめながら、正直な思いを吐き出した。

「そのために、竜伐隊の試験を受けるの？」

都の問いに、私は頷く。

「そう……あと、生徒会にも入りたいなって思ってる。無茶……かな？」

呆れられていないかと思いながら、都の表情を窺った。

彼女は驚いた顔をした後、小さく息を吐く。

「無茶と言えば無茶だけど……もう深月はやると決めてるんだよね？」

「——うん」

その質問には、迷いなく頷けた。

「そんなに、会いたいんだ？　大事な……人なの？」

「うん」

はっきりと首を縦に振る。

「そっか……」

都は少しだけ寂しそうな表情を見せるが、すぐにいつもの明るい笑顔を浮かべた。

「なら、やるしかないじゃない！　早速明日から特訓しないと！」

「と、特訓？」

いきなりの言葉に私は面食らう。

「はっきり言って、このままじゃ合格なんて無理だと思うよ？　深月、まだ空も飛べてないのに」

「う……」

「だから特訓。放課後、演習場が使えないかお姉ちゃんに聞いてみようよ。大丈夫、私も付き合うからさ。一緒に竜伐隊へ入ろう！」

「え――都も？」

私は驚いて、彼女の顔をまじまじと見つめた。

「うん、だって深月のこと心配だし」

「私の方が先輩なんだけど……」

「たった二週間だけじゃない。それに、深月を一人にしておけないもん」

都は真剣な顔で静かに告げる。

「……どうして？」

「だって、寂しそうだから。今だけじゃないよ、いつもそうだった。だから――気になってたの」

都はそう言うと、布団の中で私の手をぎゅっと握った。

「——私が傍にいる。深月が、大事な人に会えるまで」

そして私の目を見つめながら、優しく笑う。

「だから、もう寂しがらないで」

「都……」

彼女の言葉で胸が温かいものに満たされる。

兄さんがいない欠落を、忘れたくはない。忘れては——いけない。

けれど今はこの温もりに、少しだけ寄り添っていたかった。

4

「——五閃の神弓！」

生成した上位元素にイメージを伝え、形状だけを変化させる。

弓の形で具現した架空武装は、表面が微かに物質化したことで淡く虹色に輝いた。

「夜裂く刃！」

そして都も、私の隣で薙刀型の架空武装を生成する。

場所は学園の地下にある第二演習場。遥さんに頼んで、演習場の使用許可を貰った私たちは、毎日特訓を続けていた。

「気を抜かない限り、架空武装が崩れることはなくなったね」

都は薙刀を軽く振り、輪郭が歪まないことを確かめる。

「うん……でも、問題はここから」

架空武装を手に、私は頭上を見上げる。

ここは飛行訓練を目的とした演習場で、天井が高く、床には柔らかなマットが敷かれていた。

「今日こそは——」

あの天井へ触れてみせる。そう決意して、私は架空武装から空気を生成した。

風が周囲を包み、体が軽くなる。

変換量を増やすと、今度はふわりと体が浮き上がった。

「深月、いい感じ！」

都が私を見上げて言う。

「………」

けれど返事をする余裕はない。私は必死にバランスを取りつつ、慎重に高度を上げていった。

空気生成による飛行法の習得は、とにかく時間と慣れが必要だ。

どの方向へ、どれだけの量の空気を生成するか——そういったことを体に覚え込ませるしかないらしい。

週一度の飛行訓練でも、大抵は一年あれば身に付くそうだが……試験は一ヵ月後。

それまでに最低限、空を飛べるようにならなければ話にならない。

都が提案した通り、特訓する以外に合格の道はなかった。

しかし床よりも天井の方が近くなったところで、ガクンとバランスを崩す。

「きゃあっ――」

生成量の調整を間違ってしまったのだろう。体を包んでいた風は解け、私は地上へ落下した。

ぼすんと、柔らかなマットに受け止められて、遥かな天井を仰ぎ見る。

「はぁ……またダメだった」

「でも、上達はしてると思うよ。たぶん最高記録！」

私の視界に都の顔が入り込んだ。彼女は私を覗き込みながら、明るく笑う。

「……褒められても嬉しくない。都はもう、天井に手が届いたのに」

頬を膨らませ、私は視線を逸らした。

私の方が二週間先輩だというのに、特訓を始めてすぐに私は都に追い抜かれてしまったのだ。

こうして特訓に付き合ってくれるのは嬉しいが、才能の差を見せつけられているようで悔しくなる。

「大丈夫だって。コツさえ掴めばすぐだから」

「なら、そのコツを教えてよ」

「えっと……何となく、感覚で?」

「もー」

いい加減な都の答えに、私は溜息を吐いた。

その時、ガコンと重い音が演習場に響く。

「ん……?」

体を起こしてそちらを向くと、開いた演習場の扉から入ってくる二人の女子生徒の姿が目に映った。

「あれ、リーザとフィリルだ」

都が驚いた声で彼女たちの名前を呼ぶ。二人は私たちと目が合うと、こちらに近づいてきた。柔らかなマットの床は足が深く沈むので、かなり歩き辛そうだ。

「……最近、放課後に姿が見えないと思えば——こんなところにいたんですのね」

「二人だけで秘密特訓……ずるい」

少し不機嫌そうな表情でリーザさんとフィリルさんが、私たちを睨む。

「もしかして、遥さんに聞いたんですか?」

私が訊ねるとリーザさんは首を縦に振った。

「ええ、竜伐隊選抜試験のために特訓をしているのでしょう。どうして教えてくださらなかったんですか？」

「だって……明らかに無謀な挑戦ですから、その……恥ずかしくて——」

リーザさんは私の返答を聞き、大きく嘆息する。

「わたくしがあなたたちを馬鹿にすると思ったんですの？　見くびらないでください。他人の努力を笑ったりはしませんわよ。それより——特訓で差を付けられてしまう方が、大問題です」

腰に手を当ててリーザさんが言うと、フィリルさんも頷（うなず）いた。

「そう……深月（みつき）と都、最近めきめき上達してる。追い抜かれたら、悔しい」

「ですから、今日からはわたくしたちも特訓に参加させていただきますわ！　もちろん竜伐隊の試験も受けるつもりです」

リーザさんは胸を張り、そう宣言する。

「ええっ!?　二人とも、これまで竜伐隊に興味なかったじゃない」

都が疑問を口にすると、フィリルさんは首肯を返した。

「確かに……興味はなかった。でも、何かしたいとは思ってたから」

「希少資源の生成でお金を稼ぐより、こちらの方が面白そうですわ」

リーザさんはそう言うと、右手を翳（かざ）して上位元素（ダークマター）を生成した。

「——射抜く神槍（グングニル）！」

作り出した槍型（やりがた）の架空武装を構え、彼女は私に笑いかける。

「戦いに用いなければ、深月さんに付けてもらった神槍の名が泣いてしまいます。さ、特訓を始めましょう」

「は、はい！」

私は頷き、再び弓の架空武装を構築した。

賑やかになった演習場の中で、飛行訓練を再開する。

私は皆の中で一番飛ぶのが下手だったけど、何故か暗い気持ちにはならなかった——。

5

一ヵ月後——。

演習場の中で最も広い第三演習場で、竜伐隊の選抜試験は行われた。

「竜伐隊とはその名の通り、ドラゴンを討伐するための部隊だ。現在計画中のドラゴン討伐作戦に、竜伐隊は戦力として組み込まれる」

皆の前で話をするのは、竜伐隊の隊長であり試験監督を務める遥さん。

「決して、生半可な覚悟で務まる役割ではない。当然、危険もあるだろう。ドラゴンを前にしても退かぬ覚悟のある者だけが、ここに残れ」

遥さんは、私たちに向かって真剣な表情で告げる。

試験に集まった生徒は、私と都、リーザさん、フィリルさんを含めて七人。

ちらりと周囲に視線を向けるが、誰も去ろうとはしなかった。きっと皆、それぞれに戦う理由があるのだろう。

遥さんは辞退する者がいないのを確かめた後、演習場に設置されたオブジェクトを身振りで示す。

「では、試験を始めよう。審査項目は二つだけ。攻撃的物質変換の制御能力と、空気生成による飛行の機動性だ」

演習場の天井からは大きな輪っかがいくつも吊り下げられ、地上には大きな鉄の塊が置かれていた。

「まず地上から的である鉄塊を狙って攻撃。その後、空中にある輪を全て潜り、飛行しながら再び鉄塊を攻撃しろ。攻撃は威力よりも命中精度が評価の対象となる。移動はなるべく迅速に行え」

空中からの攻撃……。

その言葉を聞いて、内心焦る。飛行訓練に手一杯で、そんな練習はしていなかったから。

「――大丈夫、何とかなるって」

けれど私の心を読んだかのように、隣の都が小声で囁いた。

そのおかげで、少しだけ気持ちが落ち着く。

「ここまで来たら、やるしかありませんわ」

「深月、頑張ろう」

リーザさんとフィリルさんも後ろから私を励ましてくれた。

そうだ——元々無謀な挑戦なのだから、ただ全力を尽くすだけ。

私は覚悟を決め、ぐっと拳を握りしめた。


「次——ブリュンヒルデ教室、物部深月(もののべみつき)！」

「はい！」

私の順番が回ってきたのは、最後から二番目だった。

リーザさんとフィリルさんは危なげなく試験を終え、残るのは私と都(みやこ)だけ。

「深月！　リラックスだよ！」

応援してくれる都に頷(うなず)き返し、私は所定の位置に付く。

まずはここから的への攻撃だ。

「——五閃の神弓(ブリューナグ)」

架空武装を生成し、上位元素(ダークマター)の矢を番(つが)える。

圧縮した空気の矢をイメージし、上位元素へと流し込み——。

「一の矢——分かたれる風(フォーク・ウインド)！」

叫びながら、放つ。

その技名は、遥(はるか)さんを真似たもの。

架空武装と同様、名前を付けることは、イメージをより強固なものとする。

飛翔する黒い上位元素の矢は、無数の空気弾に変換され、鉄塊に命中した。

ガガガガ——と重い衝撃音が響き、鉄塊の表面が大きくへこむ。

……よかった、当たった。

そのことに安堵しつつも、気は抜けない。問題はここから。

天井から吊り下げられた輪を潜り、空中での機動性を示すのだ。

「っ——」

私は意識を集中し、周囲に空気を生成。出力を調整しながら、空へ舞い上がる。

飛行技術は、未だ完璧とは言えない。

傍から見れば、私の飛び方はとてもぎこちないだろう。しかしこれが今の精一杯。

とにかく落下しないよう気を付けつつ、一つずつ輪を潜る。

遅い——。

そのことは自覚しつつも、焦りを抑えて風を操った。

これで……最後。

全ての輪を潜り抜けた私は、下を見下ろす。

後はここから鉄塊を攻撃するだけ。しかし地上から狙った時よりも距離があり、なおかつ体勢が定まらない。

それに空気生成を続けながら、攻撃のための物質変換を行うのは至難の業。

飛行に慣れた人ならば、攻撃にだけ集中できるのだろうが……私はどちらにも意識を割く必要がある。

「っ……でも、当てなきゃ」

決めたのだ。力を手に入れると。そのために竜伐隊(りゅうばつたい)へ入るのだと！

体勢を何とか整え、弓を構える。

あの的は、ドラゴン。私が倒すべき敵。立ち向かうべき脅威！

脳裏に蘇(よみがえ)るのは、私の住む町を蹂躙(じゅうりん)しようとした青い巨人の姿。

もう、負けたくない。今度こそ、私の手で――！

「二の矢――夜を焦がす灼光(ナイト・ブレイズ)っ!!」

戦う意志を込め、矢を放つ。

上位元素(ダークマター)は莫大(ばくだい)な熱量へと変換され、空気を焼いて赤く輝いた。だが――。

「あ……」

灼熱(しゃくねつ)の矢は鉄塊を僅かに逸(そ)れて、床へ突き刺さり――大きな爆発を引き起こす。

恐らく発射する瞬間に、飛行の方が疎(おろそ)かになってしまったのだろう。それで姿勢が崩れたのだ。

「っ……」

これまでの皆は、誰も攻撃を外さなかった。これではきっと――。

私は悔しさを堪(こら)えながら、地上へと降りる。

やっぱり、無謀だったのかな……。

「では次――ブリュンヒルデ教室、篠宮都！」

私と入れ替わりに試験を受ける都は、すれ違い様に私の肩をポンと叩いた。

「大丈夫だよ、深月」

そう言って試験に臨んだ都は、ほとんど完璧に課題をクリアする。

大丈夫って……そんなわけないじゃない。

戻ってくる彼女を見ながら、私は胸の内で溜息を吐いた。どう考えても一番成績が悪かったのは私だ。

しばらく一人で考える時間が欲しくて、私は体育座りの恰好で顔を伏せる。都たちは気を使ってか、話しかけないでいてくれた。

やがて――遥さんの声が聞こえてくる。

「では、竜伐隊選抜試験の合否を伝える」

「深月、合格発表だよ！」

横から私の体を揺すってくる都。結果は分かり切っていたが、私は現実と向き合うために顔を上げた。上位何人が選ばれるのかは知らないが、間違いなく私はそこに入らないだろう。

「受験者七名――全員合格。失格者はなし」

「えっ⁉」

思わず大きな声を出してしまう。皆の視線が私に集まる。

「どうした、物部深月」

遥さんに質問され、私は焦りながら口を開いた。

「あ、あの、今、全員合格って――」

「ああ、その通りだ」

「でも私、一人だけ二射目を外したのに……それに飛ぶのだって遅かったですし……」

信じられず、私は疑問をぶつける。

「確かに飛行速度は最下位だが、きちんと制御はできていた。二射目の攻撃に関しても標的を掠り、鉄の表面を融解させている。直撃こそしなかったものの、攻撃としては有効だ。よって、最低限の合格基準を満たしていると判断した」

「じゃあ、本当に……」

「ああ。それに竜伐隊は今、一人でも多くの〝戦力〟を欲している。これはふるい落とすための試験ではなく、戦える者かどうかを見極めるもの。成績が最下位でも、基準さえ越えれば合格だ」

「そ、そうだったんですか……」

遥さんの言葉を聞き、体から力が抜けた。

「ね、大丈夫だって言ったでしょ？」

天井を仰ぐ私に、横から都が話しかけてくる。

「都……最下位でも合格できること、知ってたんだ？」

私は頬を膨らませ、彼女にジト目を向けた。

「うん、まあね。けど新入りの私たちは、普通ならお姉ちゃんの言う〝基準〟は越えられない。だから合格できたのは、やっぱり努力の成果だよ」

悪びれることなく、ニコリと笑って都は言う。

恐らく私が油断することのないように、合格の定員がないことを秘密にしていたのだろう。

「もう……都ったら」

怒る気は失せて、私は溜息を吐いた。

するとと後ろからフィリルさんが抱き付いてくる。

「合格、おめでとー」

リーザさんも嬉しそうに呟く。

「これでブリュンヒルデ教室の生徒は、全員竜伐隊になりましたわね」

「そこ――喜ぶのは後にしろ。今から簡単なオリエンテーションを行う」

しかし喜びに沸き立つ私たちは遥さんに注意され、慌てて姿勢を正した。

「す、すみません」

謝る私だったが、都は懲りていない顔で囁いてくる。

「――後でお祝いのパーティーをしようね」

その提案に、私は大きく首を縦に振ったのだった。

6

「ではでは、試験の合格を祝して！　乾杯～！」

都がオレンジジュースで満たされたグラスを掲げ、音頭を取る。

あまり広いとは言えない私たちの部屋には、遥さんを含めたブリュンヒルデ教室のメンバー全員が集まっていた。

「乾杯～！」

私は皆と唱和しつつ、グラスをカチンと合わせる。

「……君たちが竜伐隊に志願してくれたことを、心から感謝する。有事の際には、共に力を合わせて戦おう」

遥さんは小さく頭を下げて、私たちに礼を言った。

「お姉ちゃん、竜伐隊ってそこまで人手不足なの？」

オレンジジュースを一口飲んでから、都が遥さんに問いかける。

「まあな――あえて危険な役割を担おうという者は少ない。〝D〟には大きな力があるが、戦わねばならない理由はないのだから」

苦笑を浮かべつつ、遥さんは答えた。

確かに――〝D〟は対ドラゴン戦の切り札としての活躍が期待されている。が――私たちにとって、それは社会貢献を行う選択肢の一つ。戦うか戦わないかは、自分の意志で決めるもの。

なら……危険な戦場に出たくないと思う者が大勢を占めるのも、当然のことだろう。

「あの、不躾な質問かと思うのですが――」

リーザさんが躊躇いがちに遥さんに話しかける。

「何だ？」

「遥さんには、戦う理由があるんですの？」

リーザさんの質問は、私も聞きたいと思っていたことだった。遥さんがどう答えるのかと、私はグラスに口を付けつつ彼女の表情を窺う。

「そうだな……あるにはあるが――それは君たちが共感できるような、立派なものではないかもしれない」

その言葉を聞き、フィリルさんは首を傾げた。

「それって……ドラゴンへの復讐とか、そういうこと？」

「いや、そんな明確な動機もないのさ。私が生まれる前――父や母はヴリトラの竜災で被害を被ったそうだが、私には遠い出来事だ。ドラゴンへの個人的な恨みは、特にない」

遥さんがそう言うと、都も頷く。

「私たちは、竜災に巻き込まれることもなかったからね」

「ああ——恨みがあるとすれば、むしろニブルだ」

苦々しい声で、遥さんは呟いた。

「ニブル……ですか？」

私はどういうことかと、彼女の言葉を繰り返す。

「私がミッドガルへ移送された時、ここはまだニブルが管理する〝D〟の隔離施設だった。ちょうど〝D〟の人権運動が盛んになっていた頃だったから、非人道的な扱いを受けることはなかったが……徹底管理された日々は、正直息が詰まったよ」

普段は見せない皮肉げな表情で、遥さんは言葉を続けた。

「奴らは、私たちを同じ人間と見ていなかった。それが……とても悔しかった。だからミッドガルが自治教育機関として独立した後、私は奴らを見返してやろうと思ったんだ」

ぐっと拳を固め、遥さんは強い口調で告げる。

「それが、竜伐隊へ入ることに繋がるんですの？」

リーザさんは身を乗り出し、遥さんに問いかけた。

「ああ——私は自分が……〝D〟が人類全体にとって有益な存在だと示したかったんだ。私を化け物扱いしたニブルの奴らよりも、ずっと価値がある人間だと見せつけてやりたかった」

「お姉ちゃん、負けず嫌いだからねー」

都が苦笑しながら肩を竦める。

「都、うるさい。と――まあ、そういうわけで私は希少資源の生成協力や、ドラゴンの討伐計画にも積極的に関わって……気付いたら生徒会長兼、竜伐隊の隊長になっていたというわけだ」

こほんと咳払いをして、遥さんは話を纏めた。

「――そうだったんですのね。遥さん、貴重なお話をありがとうございます。とても参考になりましたた」

リーザさんが丁寧に頭を下げて礼を言う。

「いや、礼などいい。むしろ、幻滅させてしまっていないかと心配なのだが……」

「そんなことはありませんわ！　わたくし、遥さんの心構えはとても立派なものだと思います！」

慌てて首を横に振るリーザさんに、私も同意する。

「遥さんは、〝Ｄ〟全体のために頑張ってこられたんですから――私、尊敬しますす！」

「う……あまり、おだてないでくれ」

恥ずかしそうに遥さんは視線を逸らした。

「遥さん、顔真っ赤。可愛い……」

フィリルさんがぼそっと呟くと、遥さんはますます頬を染める。

「お姉ちゃんって照れ屋さんだからね！　さあ、皆――もっとお姉ちゃんを褒めて褒めて！　もっと赤くして爆発させせちゃおう！」

「いい加減にしろ、都！　あまり調子に乗るな」

煽る都をポカリと叩く遥さん。

「痛ったーい。お姉ちゃん、酷いよー」

頭を押さえて大げさに痛がりながらも、都は楽しそうに笑っていた。

私も釣られて頬が緩む。

遥さんは、本当にすごい人だ。そして今日、竜伐隊に入ったことで、私は彼女に一歩近づけた。

まだ、どこにいるかも分からない兄さんに、私の手は届かないけれど――遥さんのように頑張り続ければ、いつかきっと……。

私はこの楽しい日常に兄さんが加わる日を、心の中で強く願った。

第三章　ブリュンヒルデ教室

1

パタン――。

胸から溢れそうになる感情を押し込めるように、扉をそっと閉じる。

「……一年半、お世話になりました」

〝物部深月〟と記されたネームプレートを扉から外し、たくさんの思い出が詰まった部屋に別れを告げる。

脳裏を過ぎるのは、竜伐隊の合格パーティー。遥さんの昔話を聞かせてもらって、お菓子を食べながら騒いで、寮長さんに怒られて……本当に楽しかった。けれどあれはもう、一年以上前の出来事。

そして――ルームメイトだった篠宮都のネームプレートは、半年前に外されていた。

最後の荷物を詰め込んだバッグを手に、私は女子寮の廊下を歩き始める。

早朝の女子寮はしんと静まり返り、人気はない。だからこそ、この時間帯を選んだのだが――。

「物部深月、今日から個人宿舎へ移るのか？」

私を待っていたかのように、ポニーテールの女子生徒が廊下の角から姿を現した。

「遥さん……」

私は先輩である彼女の名を呟き、足を止める。

「少し、君と話したいことがある」

遥さんはそう言うと、私の手からパンパンに膨らんだバッグを取り上げた。

「荷物は私が持つから、宿舎まで一緒に行こう」

「そ、そんな！　遥さんに荷物を持たせるなんて――」

私は慌てて荷物を取り返そうとするが、彼女はひょいと私を避けて歩き出す。

「気にしないでいい。恐らくこれが、先輩として君にしてやれる最後の手助けになるだろうからな」

「え……？」

どういうことかと眉を寄せつつ、私は彼女の背中を追いかけた。

女子寮を出て、海岸沿いの道を歩く。

朝の空気は澄んで心地いいが、日差しは既に強い。

白い砂浜に打ち寄せる波の音が、規則的に耳へ届いた。

「――とうとう、私も卒業らしい」

　私の鞄を持ち、一歩先を歩く遥さんが、ぽつりと呟く。それは木々のざわめきにも掻き消されそうな小さな声だったけれど――ずっと彼女の言葉を待っていた私が、その台詞を聞き逃すことはなかった。

「卒業……？　もしかして、上位元素が――」

「ああ。クラーケン戦の後から予兆はあったが、昨夜ついに上位元素を生成できなくなった。竜紋も完全に消えてしまったよ」

　遥さんは振り返らないまま、私の言葉を肯定する。

　それは遥さんが〝D〟ではなくなったということ。彼女はミッドガルから――この学園から卒業するのだ。

「……そう、なんですか」

　本来なら、彼女の成した功績を讃え、新たな門出を祝うべき場面だと分かっていた。

　けれど、私の口から出たのは掠れた相槌だけ。

　今のミッドガルで、私が本音を明かせるのは遥さんしかいない。そんな彼女がいなくなってしまうことに、堪えようのない寂しさが込み上げてくる。

　遥さんは少し歩調を緩めると、ポンと私の肩に手を置いた。

「私が卒業することで、竜伐隊は再編され――生徒会も臨時選挙が行われるだろう。私は両方の後任として君を推薦したい」

「な――」

思わぬ言葉に息を呑む。それは竜伐隊の隊長と、生徒会長のポストを私に譲るということ。

「ドラゴンが〝つがい〟を求めていると判明した今――クラーケンを討伐した君の存在は、皆の希望だ。次なるドラゴンの来襲に備えるためにも、どうか引き受けて欲しい」

「っ……」

私は唇を噛んで俯いた。

女子寮の部屋に置いてきたはずの思い出が、脳裏を過ぎる。そのほとんどは、私の親友である都の笑顔で占められていた。

それを自らの手で奪った罪は――永遠に消えない。私は決して、希望などではない。

でも、私は決意したのだ。仲間を守るために、戦い続けると。

自分にできることは、他に何もないのだから、

「――分かりました。命を懸けて、職務を果たします」

私がそう言うと遥さんは笑みを浮かべる。

「ありがとう。だが……命を懸けて、は余計だな。君には、他にもやるべきことがあるはずだ」

前方を指差す遥さん。その先には、私がこれから暮らす個人宿舎の屋根が見えていた。

「クラーケン討伐の褒賞として君が望んだ個人宿舎――あれは、兄のためでもあるのだろう？」

「それは……」

図星を突かれ、私は視線を逸らす。学園長にどんな願いでも聞いてやると言われ、自分の宿舎が欲しいと願った。

都がいなくなった部屋で暮らすのが、辛かったという理由もある。だがそれ以上に、兄さんがミッドガルへ来た時の居場所を作っておきたかったのだ。

けれどそれは、自身の幸せを求める行為。そんな資格など、私にはないのに――。

「恥じることはない。私は、君がまだ自分自身の望みを捨てていないことに安心したのだ。だから――これから君が手に入れる力も、そのために使って欲しい」

竜伐隊の隊長と生徒会長を兼ねれば、私の階級は一気に上がる。

そうすれば兄さんを見つけ出せる可能性も、少しだけ高まるかもしれない。

「でも、それは本来の職務とは……」

「関係なくはないだろう。同胞の〝D〟がニブルに囚われているかもしれないんだぞ？　彼を救い出すのは、これから〝D〟の先頭に立つ君の役目だ。大丈夫、私も力を貸す」

「え……？　だって、遥さんはもう――」

私が戸惑いの視線を向けると、遥さんは苦笑を浮かべる。

「卒業した後も、私はミッドガルの職員としてここに残る。今後は先輩としてではなく、学園の教師として君を支えよう」

「なっ――そ、そういうことは早く言ってください!!」

てっきり遥さんと会えなくなると思っていた私は、大きな声で文句を言った。

「悪い悪い。いや、いいニュースは最後に取っておこうと思ってな」

「全く……遥さんは時々、こういう意地悪をしますよね」

頬を膨らませて私は拗ねた振りをするが、胸の内は喜びで浮き立っている。

それが表情にも出てしまっていたのか、遥さんは微笑みながら私の頭を撫でた。

「そうか？　あまり自覚はないのだが」

「後輩には、もう少し優しくしてください」

ツンと言い返すが、本当は遥さんが優しいことは誰よりも知っている。

「はは——なら君に見本を見せてもらおう。じきにブリュンヒルデ教室へ新入りがやってくる予定だ。物部深月、その時は君が先輩として彼女らを優しく導いてくれ」

新入り——その言葉に驚くものの、私は強気に胸を張って頷いた。

「分かりました。任せてください」

きっとこれが、遥さんの求める〝私〟のはずだから——。

2

港に停泊した輸送船から、不安そうな面持ちで降りてくる新たな〝D〟。

一人はボーイッシュな雰囲気の活発そうな少女で、もう一人は赤毛の小柄な女の子だ。

「──ようこそ、ミッドガルへ。私は学園の生徒会長と、竜伐隊の隊長を務める物部深月です」

私が挨拶をすると、赤毛の子はもう一人の後ろへ隠れてしまう。

「あはは、ごめんね。この子、かなりの人見知りなんだよ。ボクはアリエラ・ルー、出迎えてくれてありがとう」

ボーイッシュな少女──アリエラさんは、苦笑を浮かべつつ私に名乗った。

「……ほら、レン。ちゃんと挨拶しないと」

アリエラさんに促され、赤毛の少女はおずおずと顔を出す。

「ん……わたし、レン・ミヤザワ」

小さな声で名前を告げると、彼女はまたアリエラさんの背中に身を隠した。

「アリエラさんと、レンさんですね。これからよろしくお願いします」

「うん、よろしく！」

「ん」

私がぺこりと頭を下げると、アリエラさんは元気よく、レンさんは小声で応えてくれる。

「──深月さん」

その時、船の方から私を呼ぶ声が聞こえてきた。

見ると大きな荷物を抱えたマイカさんが、甲板からこちらを見下ろしている。

学園長の秘書であるマイカさんは、私の時と同じく二人に付き添っていたのだろう。

「先に、お二人を寮へ案内していただけますか？　彼女たちの荷物は少し多いので、運ぶのに時間が掛かりそうです」

「分かりました！」

マイカさんに了承の返事をして、私は彼女たちに向き直る。

「まあ、これから大人になるまでここで暮らすとなると……荷物も多くなりますよね」

「いや、ボクの荷物はこれだけだよ。大きいのは全部レンの荷物」

私の言葉を聞いたアリエラさんは、手にした旅行鞄を私に示した。

「ん！　ん！」

するとレンさんは余計なことを言うなという様子で、アリエラさんの背中をポカポカ叩く。

「へえ……レンさんは何を持ってきたんですか？」

興味を引かれて問いかけるが、レンさんは恥ずかしそうに視線を逸らした。それを見たアリエラさんが、代わりに口を開く。

「自作のパソコンとか、よく分からない機械とか、色々さ。レンはすっごく頭が良くて、色んなものを自分で作っちゃうんだよ」

「そうなんですか……すごいですね」

私が感心して呟くと、レンさんは照れた様子で顔を伏せた。

「んぅ……」

その仕草は愛らしく、私はつい手を伸ばして彼女の頭を撫(な)でてしまう。

「っ⁉」

レンさんはビクッと体を震わせ、即座にアリエラさんの後ろへ身を隠す。まるで警戒心の強い猫のようだ。

「ごめんなさい、レンさん。驚かせてしまいましたか？」

「ん……」

アリエラさんの背中から顔を半分だけ出し、頷(うなず)くレンさん。

「気にしなくていいよ。今はこんな感じだけど、そのうち慣れるからさ。ボクが初めてレンに会った時は、もっと恥ずかしがり屋だったんだから」

苦笑しながらアリエラさんは、警戒しているレンさんを宥(なだ)める。

「……お二人は、ここへ来る前からのお知り合いなんですか？」

「うん、一緒に暮らしてたんだ。血は繋(つな)がってないけど、戸籍上は姉妹ってことになってる」

私の問いに頷き、アリエラさんはレンさんとの関係を語った。

「ん……」

レンさんはアリエラさんの言葉に同意しつつも、何故(なぜ)か表情を曇らせる。

それに気づいたアリエラさんは、パンと手を叩いて話を切り替えた。

「まあそういう身の上話は後にしようよ。ここ、日差しが強くてバテそうだからさ」

「あ、すみません。では私に付いてきてください」

私は謝り、二人を先導して歩き出す。

何か事情を抱えているようだったが、二人ともいい子であるのは間違いない。

遥さんの後を継いでから、初めての大きな仕事だ。

彼女たちがミッドガルで不安なく暮らしていけるよう、頑張らなければ――。

3

すぅ――と大きく深呼吸をしてから、私は扉を軽くノックする。

「……深月？」

部屋の中から、フィリルさんの声が聞こえてきた。

「はい――」

応じる声は、緊張で硬くなる。

個人宿舎へ移ってから、女子寮に来るのは今日が初めて。アリエラさんとレンさんの歓迎会をするからと、フィリルさんに誘われたのだ。

「待ってた。さ、入って」

「失礼します……」

私は恐る恐る扉を開けて、部屋に入る。ここは本来リーザさんの一人部屋なのだが、自室を書庫化してしまったフィリルさんが勝手に転がり込んで、一緒に生活していた。

既に集まっていたフィリルさん、リーザさん、アリエラさん、レンさんが、私の方を向く。

「あ、あの……」

「深月さん――入り口で立ち止まっていないで、早く座ったらどうですの」

何と挨拶するべきか迷っていると、リーザさんが空いたクッションの一つをポンポンと叩いて、私を促す。

「は、はい」

私は慌てて頷き、リーザさんの隣に腰を下ろした。

都の件があってから、リーザさんとの関係はずっとぎくしゃくしている。部屋に入るのを少し躊躇ったのも、そのためだ。

けれど今日はアリエラさんとレンさんもいるので、普段よりは自然に話せるかもしれない。

「ねえ、何か持ってきてくれたの？」

「いい匂い……する」

アリエラさんとレンさんが、私の持つ紙箱に期待の眼差しを向けた。

「あ、はい。クッキーを焼いてきました。お口に合うかは分かりませんが……」

皆の真ん中に箱を置き、蓋を開ける。すると甘く香ばしい匂いが部屋に広がった。

「わ……おいしそう。深月、ナイス」

フィリルさんは感激の言葉を零し、私にグッと親指を立てる。

「食べてみてもいい？」

「んぅ？」

期待の眼差しを向けるアリエラさんとレンさん。

「どうぞ、遠慮なく」

「じゃあ、いただきまーす！」

「ん」

それぞれ形の違うクッキーを手に取り、二人は口へと運ぶ。

「――うん、すごくおいしいよ。何だか温かみのある味だね」

「ん……これ、好き」

ぱくぱくと二枚目、三枚目を食べる二人を見て、私は胸を撫で下ろした。

お菓子作りを始めたのはつい最近。

生徒会や竜伐隊で頑張ってくれている皆に何かお礼をできないかと、一から勉強を始めたのだ。

「確かに、悪くないですわね」

リーザさんもクッキーを一口齧り、感想を言う。

「あ、ありがとうございます！」

私は嬉しくなって、思わず頭を下げた。

「ごちそうになっているのは、わたくしなんですから——深月さんがお礼を言う必要はありませんわよ。ありがとうございます、美味しかったですわ」

「……はい」

リーザさんの感謝が素直に嬉しくて、私は自分の胸をぎゅっと押さえる。

「……いくらでも食べれる。太りそうで、怖い。深月——これは罠？」

しかしフィリルさんはクッキーを食べ続けながら、私を恨めしそうに睨んだ。

「フィリルさんが、もう少し遠慮すればいいだけです。これはアリエラさんとレンさんの歓迎会なんですわよ？」

しかし私が何か言う前に、リーザさんがフィリルさんにツッコミを入れる。

その様子を見たアリエラさんが、面白そうに笑った。

「あはは——ボク、ブリュンヒルデ教室に配属されてよかったよ。毎日こんな感じなら、とても楽しそうだ」

「ん」

レンさんもクッキーを食べながら同意する。

「はい……きっと、楽しいです」

私は込み上げる想いを胸の内に留めながら、首を縦に振った。

彼女たちが楽しいと言ってくれる日常は、ずっとブリュンヒルデ教室から欠けていたもの。

けれど明日からは――いや今からは、また楽しい日々が帰ってくるのかもしれない。

決して元通りではないけれど……どうやっても元には戻らないけれど、私は皆が笑っていることが、ただ嬉しかった。

4

ごうごうと唸る風の音。

外の木々は大きく揺らぎ、斜めに降る雨の軌跡がガラス窓に残される。

「こんな日にやってくるなんて……都の時を思い出しますね」

私は生徒会室から嵐の迫るミッドガルを眺め、ぽつりと呟いた。

常夏のミッドガルには、台風がよく訪れる。輸送船の発着は、なるべくそうしたタイミングを避けるようにしているのだが――天候を完全に予測することはできない。

しかし環状多重防衛機構を通過する審査は、非常に厳重で複雑だ。天候が乱れたからといって予定を変えると、再申請に大きな手間が掛かる。

安全にミッドガルへ辿り着くためのルート〝見えざる橋〟は、申請の度に変更されるため、時間的にも大きなロスとなってしまう。そのため、予定の変更が行われることは滅多にない。

こうしたことは半年前に生徒会長となって、初めて知ったことだった。

「――深月会長！　竜伐隊と生徒会メンバーの招集、終わりました！」

生徒会室へ息を切らせてやってきた少女が、私にそう報告する。

「分かりました。では、竜伐隊は輸送船着岸の補助を、生徒会メンバーはミッドガルの職員と協力して、体調が悪い方の救護などを行ってください。私は港で指揮を執ります」

私は彼女に指示を出し、通信機を耳に装着した。

仕事が終わったら、また皆にお菓子を作ってあげよう。

そんなことを考えつつ、私は生徒会室を後にした。


二十人態勢で構築した風の結界。

嵐が届かぬその内側で、無事に輸送船は港に着岸する。

私は皆に指示を出しつつ船へ上がり、今日来るはずの新たな仲間を探した。

――確か、私と同い年でしたよね。

資料で見た写真とデータを思い出しながら、私は甲板を見回す。

するとちょうどその人物が、マイカさんに支えられて船内から現れた。

「マイカさん！」

学園長の秘書である女性の名を呼び、私は駆け寄る。

「――ああ、深月さん。この方をお願いできますか？　かなり酷い船酔いで……」

「うぅ……気持ち悪いよぉ……」

マイカさんに支えられた銀髪の少女は、青白い顔で呻いていた。

「大丈夫ですか？　今、担架を呼んで医務室に運びますから」

「……あ、ありがと……」

彼女は礼を言い、そこで初めて私の方を見る。大きな目と宝石のように美しい瞳、整った顔立ち。同性の私から見ても、とても可愛らしい少女だ。

「あなたは……？」

血の気を失った唇を動かして、少女は私に問いかけてくる。

担架の要請を行ってから、私は彼女に自分の名を告げた。

「私は物部深月。ミッドガルでは学園の生徒会長と、竜伐隊の隊長を務めています」

「あ、あの、あたしは……」

少女も名乗ろうとするが、途中で言葉を切る。気分が悪くなったのだろう。

「無理に喋らなくていいですよ。イリス・フレイアさんですよね？　資料は頂いているので、もうお名前は知っています」

イリスさんは頷き返し、よろよろと手を差し出した。

「……よろしく、深月ちゃん」

「はい、よろしくお願いします。イリスさん」

彼女と握手を交わし、私は微笑む。

都と同じような状況でやってきた彼女だが、印象は全く違う。

他の者を気遣う余裕のあった都に比べると、少しばかり頼りない。

しかし私を見つめる彼女の瞳には、何か強い意志が感じられた――。

5

そして翌日――彼女はブリュンヒルデ教室の新たな一員となる。

私は廊下側の最後尾の席から、教壇に立つ銀髪の少女を眺めた。

「イリス・フレイア、十五歳。今日からお世話になります！」

元気よく自己紹介をしたイリスさんは、勢いよく頭を下げる。

ゴンッ――と響く鈍い音。

目の前にあった教壇に勢いよく頭をぶつけたのだ。

「はうっ……痛ったぁーい……」

額を押さえてうずくまるイリスさん。

「へ、平気か、イリス・フレイア？」

脇に立っていた篠宮先生が声を掛けると、イリスさんはふらふらと身を起こした。

「はい……平気じゃないけど……我慢できます」

「そ、そうか。なら席に着いてくれ。空いている場所なら、どこに座ってくれても構わない」

「……分かりました」

イリスさんは、痛そうに額を摩りつつ頷く。だが――。

「きゃあっ⁉」

足元をよく見ていなかったのか、イリスさんは教壇を降りる際にバランスを崩して転倒してしまった。

「ちょっ……し、しっかりしてください！　大丈夫ですの？」

一番近くの席にいたリーザさんが立ち上がり、倒れたイリスさんに問いかける。

「うう……」

床に伏せたままイリスさんは呻いた。

「ドジっ子……本物は、初めて見た」

フィリルさんが、どこか感動した様子でイリスさんを眺めている。

「怪我をしたなら、医務室に連れて行った方がいいんじゃないかい？」

「ん」

アリエラさんの言葉に、レンさんが同意する。

「では、私が医務室まで付き添います」

ここは自分の役目だろうと、私は席を立ってイリスさんに近づいた。

「――イリスさん、立てますか？」

屈んで手を差し出すと、彼女はよろよろと顔を上げる。

「……ありがとう、深月ちゃん。でも、医務室に行くほどじゃないよ」

私の手を借りて身を起こしたイリスさんは、申し訳なさそうな顔で礼を言った。

「やせ我慢はいけませんわよ？」

リーザさんは本当に大丈夫かという顔で、横からイリスさんに声を掛ける。

「うん、ホントに平気。あたし、転び慣れてるから」

パンパンとスカートの埃を払って、立ち上がるイリスさん。

確かに、ぶつけた部分が少し赤くなっている程度で、処置が必要な怪我は見当たらない。

「大丈夫ならいいのですが……転び慣れるより、転ばないように気を付けた方がいいと思いますわ」

溜息を吐き、リーザさんは自分の席に座り直した。

「あはは……これからはそうするね」

イリスさんは恥ずかしそうに頭を掻き、教室を見回す。

「えっと――じゃあ、あたしはこの席で」

窓側、一番後ろの席に向かうイリスさん。

アリエラさんの後ろであり、かつては篠宮先生の――遥さんの座っていた席だ。

現在、皆は真ん中の列を開けて座っているので、当然の選択であるとも言える。

「深月ちゃん、ここじゃダメかな？」

私がじっと見つめているのに気付いたのか、イリスさんが不安そうに訊ねてきた。

「あ――いえ、大丈夫ですよ」

慌てて頷きつつ、私は自分の席に戻る。

遥さんの席が埋まったせいか、いつもの教室が妙に新鮮だ。

ブリュンヒルデ教室は、今日完全に新たな世代へ移り変わったのかもしれない。

アリエラさんと挨拶しているイリスさんを横目で見ながら、私はそんなことを考えていた。

6

その報せは、唐突にもたらされた。

「物部深月――そなたの兄を、ようやく見つけたぞ」

生徒会の仕事中に学園長室へ呼び出された私は、シャルロット学園長にいきなりそう告げられた。

「え……今、何て――」

聞き間違えではないかと、私は妖精のような少女に聞き返す。

ミッドガルへ来てから二年半――生徒会長と竜伐隊の隊長となった権限を惜しまず利

用し、それでも得られなかったモノ。

ニブルに身柄を拘束された、兄さんの消息。

決して諦めてはいなかったが、長い時間が掛かることを覚悟し始めていた。

けど、今の言葉が本当なら――。

「もう一度言う。そなたの兄、物部悠の所在が分かった」

学園長は長い金色の髪を手で払い、ゆっくりと言葉を紡ぐ。

「っ……どこに！　兄さんは、今どこに⁉」

頭の中が一瞬真っ白になり、気付くと私は叫ぶように問いかけていた。

「ニブルの暗部――存在そのものが機密の部隊に所属しているらしい」

そう答えた後、学園長は重い溜息を吐く。

「まさか……あやつの倅が絡んでいるとはな。どうりでここまで手こずるわけだ」

それは独り言のようだったが、私は気になって口を開く。

「兄さんを隠していた人のこと……学園長はご存知なんですか？」

「ああ――私とは、少々因縁がある相手と言えよう。これ以上なく厄介な敵だ。ここから先も、一筋縄では行かんぞ？」

真剣な表情で学園長は私を見つめた。

それは最初に言われていたこと。兄さんの所在が判明したとしても、そこがようやくスタート地点だ。

ニブルは兄さんが男の〝D〟であるという事実を隠蔽している。正面から引き渡しを要求したところで、とぼけられてお仕舞いだろう。

証拠を固め、根回しをし、タイミングを見極めなければ、兄さんへは手が届かない。

「はい、分かっています」

絶対に兄さんを取り戻すという決意を込め、私は首を縦に振った。

「――良い目だ。やはり私が予想した通り、そなたはとても美しくなったな」

学園長は出会った頃を懐かしむような表情で呟き、深く息を吸った。

「よし！　気高く美しい乙女のために、私も全力で戦おう‼」

バンッと執務机を両手で叩いて宣言する学園長。

「っ……ありがとうございます！」

私は心強い言葉に胸を打たれ、深い感謝を込めて頭を下げた。

7

「はっ――はっ――はっ――」

規則的な呼吸を繰り返しながら、リズミカルに地面を蹴る。

今日は地下の運動場で、体育の授業だ。屋外は気温と湿度が高すぎるため、運動には向かない。

授業の内容は持久走。演習場の外周を走っていると、一周遅れのイリスさんが前方に見えてきた。

「イリスさん、頑張ってください」

追い抜きざまに声を掛ける。

「ええっ、あたし一周遅れ⁉　深月ちゃん、速いよぉ……」

既に呼吸が乱れ、額に汗が浮き出ているイリスさんは、情けない声を上げた。

「疲れても、なるべくフォームは崩さないように。余計に足へ負担が掛かります」

「う、うん……」

ふらふらしていたイリスさんは、慌てて姿勢を立て直す。

「私はこの周がラストですが、イリスさんはあと二周ですね。ファイトです」

「まだ二周もあるのぉ⁉」

悲鳴を上げるイリスさんを残して、私は先へ進む。すると今度はフィリルさんの背中が見えた。

「あ……深月」

隣に並ぶと、私に気付いたフィリルさんがこちらを向く。ペースは遅いものの、イリスさんと違って余裕のある表情だ。

「今日もスローペースですね」

「だって……頑張ると疲れるし」

うんざりという様子でフィリルさんは肩を竦めた。根っからのインドア派であるフィリルさんは、いつもこんな感じ。体育の授業では、ほどほどに手を抜いている。

「深月は——最近、すごく張り切ってるね」

「そうでしょうか？」

あまり自覚はなかったので、私はきょとんと首を傾げた。

「うん……何か、嬉しいことあった？」

フィリルさんは小さく首を縦に振り、私の顔をじっと見つめる。

心を見透かされたようでドキリとするが、私は正直に頷いた。

「はい——探し物が、ようやく見つかりそうなんです」

「そうなんだ……よかったね、深月」

「——はい」

もう一度深く頷いて、私はペースを上げる。

彼女の言葉が嬉しくて、笑ってしまいそうになったから。笑っていいのか——分からなくなったから。

行く手には、レンさんとアリエラさんの姿。

「アリエラさん、調子が悪いんですか？」

私は彼女たちに並んで声を掛けた。

アリエラさんは運動神経が抜群で、体力もある。普通に走れば私より速いはずだ。

「ああいや、そういうわけじゃないって。レンが辛そうだったから、横で話をして気を紛らわせていたんだよ」

どうやらアリエラさんは、レンさんのペースに合わせているらしい。

「ん……」

レンさんはかなり息が上がっており、確かに辛そうだ。

「レンさん、あまり無理はしないでくださいね」

「――ん」

彼女が頷き返すのを見てから、私はスピードを上げる。

二人を追い越し、後はただゴールを目指すだけ。

だがそこで、後方から足音が聞こえてきた。

ちらりと振り向けば、リーザさんがすぐそこまで迫っている。

「深月さん、負けませんわよ！」

私に並んだリーザさんは、強気な表情で私に告げた。

「――私も、負けるつもりはありません」

篠宮先生が待つゴールラインを見据え、私はラストスパートを掛ける。

そう、誰が相手でも勝たねばならない。私には、そんな強さが必要なのだ。

兄さんにこの手を届かせるために。

誰よりも――強く！

最後の力を振り絞り、前へ踏み出す。

リーザさんが視界から消え、その息遣いが遠ざかる。

「っ――！」

呼吸を止めての全力疾走でゴールラインを越え、私は地面に倒れた。

「はぁっ……はぁっ……はぁっ……」

天井を仰ぎながら、荒い呼吸を繰り返す。すると視界にリーザさんの姿が映った。

「今回は、わたくしの負けですわね」

「何度やっても……私は負けません」

強気に言い返すと、リーザさんは少し驚いた表情を浮かべる。

「――変わりましたわね」

「え？」

どういうことかと疑問の視線を向ける。

しかしリーザさんは詳しく説明することなく、どこか嬉しそうな表情でこう言った。

「わたくしは、今の方がいいと思いますわ」

言葉の意味はよく分からなかったが――私はリーザさんに何かを認めて貰えた気がしていた。

8

――ついに、この日が来た。

私は逸る気持ちを抑えながら、港へと急ぐ。

本当に、長かった。私一人での力では、どうにもならなかった。

学園長とマイカさん、そして篠宮先生。

ミッドガルの上層部が、一丸となって事に当たり、ようやく届いたのだ。

だと言うのに――。

「こんな大事な日に、会議が押してしまうなんて……」

私は早足で歩きつつ、溜息を吐く。

もう船が到着しているはずの時間だ。私が迎えに行くと言ってあるので、出迎えは他にいない。

きっと、港に一人放り出されて困っていることだろう。早く行ってあげないと。

近づくほどに心臓が高鳴る。

風が吹く度に、髪が乱れていないかと手で確認する。

あれから、三年。身長はあまり伸びなかったけれど、髪は長くなり、私の印象はかなり変わっているはずだ。

――私だと、すぐに分かるでしょうか。

微かな不安が生まれるが、勇気を出して先へ進む。だが……。

「あれ……？」

やっと辿り着いた港に、探し求めていた人の姿はない。

荷物運搬用の無人機械が、黙々とコンテナの積み下ろしを行っているだけ。

きっと誰も迎えがいないので、移動したのだろう。

ここから目印になりそうなものは、学園の高い時計塔ぐらいだ。そちらへ向かったのなら、途中で出くわしたはず。

なら、いったいどこへ――。

少し考えて、私は思い出す。それは……とても懐かしい記憶。

自宅から小学校への通学路――その途中にある川沿いの道。

彼は河川敷ではなく、河原を歩くことを好んだ。

川の中に魚を探したり、水切りをしたりと、とても楽しそうだった。

父さんと母さんからは水辺に近づかないよう言われていたし、河原は歩き辛かったが、笑う彼の顔が大好きで――私はいつでもその背中を追いかけた。

だから、きっと……。

私は来た道を引き返しながら、防波堤の向こうへ広がる白い砂浜に注意を向ける。

彼は歩きやすい舗装された道ではなく、この美しい海に惹かれるはずだ。

しばらく歩くと何か言い争うような声が、耳に届く。

片方は聞き覚えのある声。

もう片方は、ミッドガルでは聞くはずのない男の声。私の知らない声。

どくん、と大きく心臓が跳ねる。

それも当然だ。彼はこの三年で成長し、声変わりをしているはずなのだから。

「――んなことしねえよ!!　その発想が怖いわ！」

「痴漢モノノべ！　変態モノノべ！　あれ？　そういえばモノノべって苗字――」

どうやら彼らは何か言い争っているらしい。

まあ事情を知らない者が彼と出くわせば、こうなるのは仕方がない。男性の〝D〟の存在は、まだ公にされていないのだ。

けれど、そんなことよりも――。

……私が、一番に会うつもりだったのに。

小さく溜息を吐き、私は砂浜へと呼びかける。

「イリスさん――人の苗字であまり痴漢、変態と連呼しないでくれませんか？　私のことではないと分かっていても、あまりいい気分ではありません」

すると二人が、驚いた顔でこちらを向いた。

彼と――目が合う。

三年前とは違う大人びた顔。

けれど見間違えはしない。

背が伸びて、少し顔の輪郭が変わっても――彼は私の大好きな人のまま。

目の前に探し求めていた人がいる。
それは、ずっと求めていた瞬間。
心臓が早鐘を打ち、体の奥が熱を持つ。
本当は駆け出したかったが、イリスさんの前であるため我慢する。
昂る感情が涙となって溢れそうになるのも、必死で堪えた。
防波堤の階段を降り、ゆっくりと白い砂を踏んで進む。
兄さん――。
ああ……やっと、やっと会えた。
今ようやく、手が届く距離まで近づけた。
体が震える。
膝から力が抜け、崩れ落ちてしまいそうだ。
彼の胸に飛び込んで、何もかもを委ねてしまいたい。
けれど――そんな弱さは見せられない。見せては、いけない。
彼にだけは、もう何も背負わせないと決めたから。
三年ぶりに彼と再会するのは、強くなった私。
これは終わりでなく始まりだ。
手の中にあるものを守り抜くことが、どれほど困難であるかを私は知っている。
だから私は、これから先も負けられない。

最愛の人を前にして、私は強く強く、心の中に覚悟を刻んだ——。

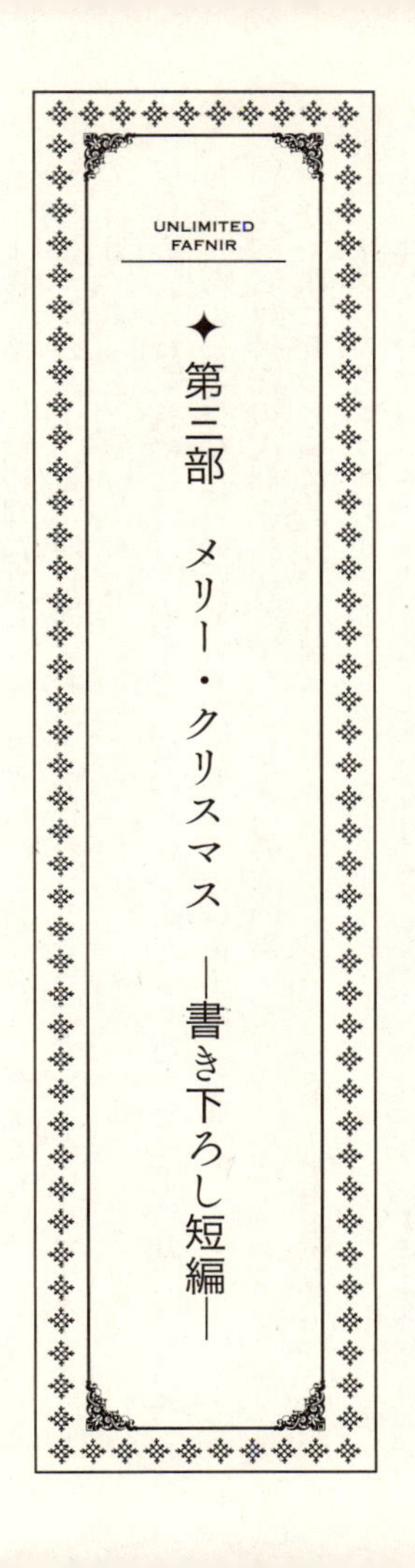

UNLIMITED FAFNIR

第三部 メリー・クリスマス ―書き下ろし短編―

◆クリスマス・パニック（上）

大きな音と風を巻き起こし、ヘリポートに着陸する大型ヘリ。

白い波飛沫を上げながら港に着岸する輸送船。

俺――物部悠は岸壁の端に立ち、ミッドガルへの訪問者たちを眺めていた。

今日は十二月二十二日。四日間にわたって行われるミッドガル・クリスマスパーティーの一日目。

とはいえ、俺を含めたミッドガルの生徒たちは、まだ全くパーティー気分ではない。

生徒たちによる生徒たちのための宴が行われるのは後半の二日間。

前半二日は外部の人間を招待して開かれる〝外交の場〟だ。

ヘリや船に乗っているのは、各国の有力者やメディア、ミッドガルの出資者、〝D〟の親類、アスガルとニブルの視察団。

彼らは学園を一通り案内された後、地下の演習場を改装したパーティー会場に招かれる。

そこでは様々な政治的な駆け引きが行われ、学園長のシャルロットはミッドガルの安全と自治権を維持するため奔走するはずだ。

だが俺たちブリュンヒルデ教室のメンバーも他人事ではない。そのパーティーには俺たちも出席し、各メディアの取材を受けることになっていた。

テレビカメラの前で上手く喋れるかどうか、いまいち自信はない。

けれど何とかなるだろう。

ただ思っていることを口にすればいいはずだ。あの戦いで〝光〟を貸してくれた人々への感謝は、今も胸に満ちている。

それよりも問題は――。

「隊長ーっ！」

ヘリポートの方から俺を呼ぶ声が聞こえた。どうやら到着したらしい。

俺は重い溜息を吐き、覚悟を決めてそちらに向かう。

男子用の制服を着た少女、ジャンヌ・オルテンシアが手を振っている。ブリュンヒルデ教室に所属している彼女は俺のクラスメイトだが、ニブル時代は俺の部下。だからジャンヌは今も俺を隊長と呼ぶ。

「おう、今行く！」

ヘリのローター音に負けぬよう大声で応え、港の横にあるヘリポートに急いだ。

そしてジャンヌの元に到着したのと同じタイミングで、大型ヘリのハッチが開く。

降りてきたのは長身の男と、七人の少年たち。

全員ニブルの軍服を身に着けており、平和な南の島には似つかわしくない剣呑な空気を放っていた。

「――やあ物部少尉。わざわざ出迎えとは、ご苦労なことだ」

男は俺を見ると小さく笑みを浮かべ、声を掛けてくる。

「お久しぶりです、ロキ少佐。学園祭の時は好き勝手に動かれて、後で酷い目に遭いましたからね。今回は最初から最後まで、俺がきっちり見張らせてもらうことになりました」

俺は皮肉を込めてかつての上司――ロキ・ヨッツンハイムに応えた。

「ふ……つまり君がエスコート役というわけか。それは喜ばしい。これで我がスレイプニルが再び完全な姿を取り戻す」

ちらりとジャンヌの方に視線をやってから、ロキ少佐は楽しげに笑う。

するとと彼の背後に控えていた少年たちが一斉に敬礼を行った。


「物部隊長！　ご無沙汰しております!!」


真っ直ぐに向けられるかつての隊員たちの眼差しに、俺は苦笑で応じる。

「……お前らも元気そうでよかったよ」

以前見た時、彼らは権能に呑まれてほとんど自我を失っていた。けれど今はそれぞれ人間的な表情を浮かべている。

「ただ、言っておくが――スレイプニルに戻るつもりはないからな。俺はあくまでブリュンヒルデ教室の物部悠だ。もちろんジャンヌもな」

横で様子を窺っていたジャンヌの肩を掴んで引きよせると、彼女は顔を赤くしながらも首を縦に振った。

「は、はい、その通りです、隊長！」

そう宣言するジャンヌだったが、ロキ少佐は切れ長の目でこちらに意味ありげな視線を向ける。

「それは残念だ。しかし物部少尉——私は、彼らが君に必要だと思い、わざわざ連れてきたのだがな」

「どういう……意味ですか？」

眉を寄せて俺が問うと、ロキ少佐は肩を竦めてはぐらかした。

「いずれ分かる。今はまず君の役目を果たすといい」

彼に促された俺はしぶしぶ自分の仕事に戻る。

「——じゃあ付いてきてください。今の平和なミッドガルをご覧に入れます」


今回、外部からの来場者に見せるのは、パーティーの準備に励む生徒たちの姿だ。
三、四日目のメイン会場となるホールと、二次会が行われる各クラスの教室。
そこではミッドガルで生活する〝D〟の少女たちが、一生懸命に飾りつけを行っている。

俺とジャンヌはロキ少佐たちを連れて、各教室を巡った。

「ここがオルトリンデ教室です」

「——そうか」

けれど俺が案内してもロキ少佐は興味なさげに短く返事をするだけ。

後ろを歩くスレイプニルの隊員たちも全く関係のない話題で盛り上がっている。

「しっかしまさかジャンが女だったとはなー」

「けど、思い返すと色々おかしかった気がしますね」

「……絶対に人前で着替えなかった」

「変な奴だとは思ってたが、この隊は変人揃いだから気にしてなかったぜ」

「だれが変人っすか！」

「自覚があるのなら、君のことだと思うが」

「僕は絶対に変人ではない自信があるので除外してください～」

話題の中心であるジャンヌは少しうんざりした様子で彼らに注意する。

「貴様ら、騒ぐのはいいが——ミッドガルの女子生徒に変な色目は使うなよ。彼女らはあまり男性に免疫がないんだ。オレが転入した時も大騒ぎになった」

その指示に彼らは頷くが、正直何もしなくとも既に俺たちは注目の的だった。

俺たちが教室の前に来ると、女子たちは作業をしながらこちらを横目で窺いひそひそと言葉を交わす。

最初は同年代の男子であるスレイプニルのメンバーを見ているのかと思ったが、どうやら違うと気付く。

「──見て、あの人」

「あ……やっぱり学園祭の時、悠様と──」

「ホント？　じゃああの噂って……」

「女装していた悠様を屋上の方へ──」

彼女たちが見ているのは、俺とロキ少佐のようだった。

ロキ少佐は学園祭でも視察に来ているので、覚えている生徒がいたのかもしれない。

「……確かにあの二人、なんだか──」

「フィリル部長に至急連絡を！」

「いえ、私はあくまでジャンヌ様派で……」

「けどひょっとすると……今後勢力図が──」

聞こえてきた会話の断片に、背筋が粟立つ。

彼女らが何を言っているかはよく分からないが、あまり長くここに留まらない方がいいと本能が訴えていた。

「ロキ少佐、次の教室を案内します」

俺がロキ少佐を促すと、何故か教室の中からキャーと黄色い歓声が上がる。

俺はその声から逃げるように歩調を速めた。

改装した地下演習場で行われた、外来客用のパーティーは特に大きな波乱もなく無事に終わった。

ブリュンヒルデ教室へのメディア取材も上手くこなせたと思う。

世界中の人々へ向けた手紙を読み上げる時、イリスは何度も台詞を噛んでいたが、それも微笑ましい一幕だった。

けれどパーティーの一日目が、そのまま平和に終わるはずもない。

ロキ・ヨツンハイムがスレイプニルを率いてミッドガルへ降り立った時点で、それは分かっていたことだ。

「――さて、物部少尉。君の〝敵〟を見極めることはできたかな？」

メディアの取材後、会場の端で一息吐いていた俺に近づいてきたロキ少佐は、抑えた声でそう問いかけてくる。

「パーティー中、妙な動きをしていた奴らのことですか？　スレイプニルが対応していたようですが……」

俺も小さな声で、前を向いたまま問い返した。

「ああ、彼らは招待客に紛れて潜入した工作員だよ。会場を抜け出し、電源設備に手を出そうとしたところを捕縛した。しかしこれで終わりではない」

「奴らの目的は？」

「――ブリュンヒルデ教室に所属する〝D〟の奪取」

「そうですか」

俺が短い相槌を打つと、ロキ少佐は意外そうな顔で俺を見る。

「思ったよりも冷静だな」

「こういうこともあるだろうと考えていましたから」

そして俺はとっくに決めている。どんな敵からでも、この日常を守り抜こうと。

「先ほど、奴らの暗号通信をアトラが解読した。今夜、君たちの宿舎を襲撃するつもりらしい」

「――返り討ちにしてやります」

「違うな、物部少尉。それでは足りない。湧き出た虫は一匹残らず潰しておくべきだ。君一人なら拠点の防衛に徹するしかないだろうが、今の君には八本の強靱な脚がある」

鋭い視線を向けてくるロキ少佐に、俺は苦々しい表情を返す。

「……借りとは思いませんよ」

「もちろんだ。私たちも君の協力を得るのだからね。さあ――悪竜よ。スレイプニルを駆り、存分に暴れるといい」

満天の星たちが輝く夜。

俺は宿舎裏手の空き地でスレイプニルの手綱を取る。

「――各員、状況を報告」

俺が耳に装着した小型通信機で問いかけると、すぐに返事が来た。

『こちらランスロットー。時計塔司令部の防衛は成功～。敵三名確保ー』

『オッテルです。奴らの〝上〟は押さえました』

『……ナタク。密林内で会敵。一名確保。敵は高精度の光学迷彩を施している。注意されたし』

『こちらシグルトであります。南部海岸線には異常なし』

『ロビンっす。敵の電子戦要員は無力化。端末にアトラさん特製のウイルスをぶっこんだので、環状多重防衛機構（ミドガルズオルム）は心配ないっす』

『クナトです。北海岸にて敵の脱出艇を確認。待機していた敵二名を無力化しました』

『こちらジャンヌ。隊長、北東から密林内を進む一団を確認しました』

ジャンヌの報告を聞いた俺はすぐさま次の指示を出す。

「了解。レギンは敵の後方に回り込んで退路を断て。ジャンヌは奴らが空き地に出たら狙撃で援護を」

『こちらレギン。了解しました』

『ジャンヌ、任務了解』

通信を終えた俺は空き地を囲む密林に意識を向ける。

「経過は順調なようだな、物部少尉」

宿舎の壁に寄りかかって俺の指揮を眺めていたロキ少佐が、楽しげに声を掛けてきた。

「――はい。けど、敵はいったい何者なんですか？　ニブルでもまだ光学迷彩装備は実用化されていなかったはずですし……環状多重防衛機構を沈黙させる準備までしていたなんて……」

疑問の目を向けた俺に、ロキ少佐は含みのある笑みを返す。

「奴らは、とある遺産を手にしたことで増長している一団だ」

「……とある遺産？」

「ああ――アトランティスとは異なる技術体系を有する古き文明の遺産……アガルタという名の〝船〟を彼らは地中深くから発掘した。彼らの有する先進的な装備は、その恩恵によるものだ」

「な……」

息を呑む俺を見たロキ少佐は、小さく肩を竦める。

「安心したまえ。アガルタは所詮、〝辿り着けなかった者〟の残骸だ。遥かな宙を踏破した我らの祖、アトランティスには及ばない。事実、彼らの拠点はほぼ制圧した。今回の襲撃は、彼らにとって起死回生を期した最後の一手だというわけさ」

「では、奴らを全て捕らえれば事態は解決するんですね」

安堵の息を吐きつつ、俺は確認した。

「そういうことだ。ただ、これだけは理解しておいた方がいい。この世界は、宙は、とてつもなく広い。そこには我々の想像しえない脅威がいくらでも潜んでいる」

　そこでロキ少佐は目を細め、潜めた声で告げる。

「たとえば――アトラがサルベージしたアガルタのデータベースにはこう記されていた。この宇宙には〝堕ちた創造種〟もしくは〝大罪種〟と呼ばれる罪深き悪魔が七体も存在すると」

「堕ちた、創造種……」

　創造種という言葉を俺は知っていた。こちらの表情を見たロキ少佐は宙に目を向けて呟く。

「そう、君たちが倒したアンゴルモアはその一体。〝暴食〟の大罪種だ。まあ、この広い宙で、我々が生きているうちに他の大罪種と遭遇する確率は限りなく低いだろう。しかし予想外のことはいつでも起こりうる」

「…………」

　彼の言葉に俺は無言で応じた。

「物部少尉。平穏とは勝ち取るものだ。戦い続けなければ守れないものだ。たとえ君自身が戦わなくとも、どこかで他の誰かが戦っている。そしていつ誰が敵になるかも分からない」

　そこで彼は底の見えない冷たい眼差しで俺を射る。

「私は人類を存続させるために戦い続ける。君の守ろうとする平穏がその妨げとなった時、私も再び君の敵となるだろう」

俺は正面から彼の視線を受け止め、深く頷いた。

「——はい、分かっています。けれど、少なくとも今は違いますよね」

ロキ少佐の凍り付くような殺気を笑顔で受け流すと、彼も小さな笑みを浮かべる。

「そうだな。少なくとも、今は——」

そして俺とロキ少佐は二人同時に銃を抜き放つ。

密林から現れた〝見えない敵〟に向けて。

光学迷彩の精度は本当に高く、肉眼で襲撃者の姿を捉えることはできない。けれど視覚以外の全ての感覚が、そこに敵がいることを訴える。

重なり合う銃声。

そうして——俺の平穏は続いていく。

◆クリスマス・パニック（下）

「ふぅ……やっと終わった……」

パーティー二日目。

ロキ少佐とスレイプニルは昨夜のうちに捕縛した襲撃者をニブルへ連行し、他の外来客も先ほどこの会場から見送った。

演習場を改装したパーティー会場はもぬけの殻。

ついさっきまでの騒がしさが嘘のようだ。

グラスが置かれたままの座席に座り、高い天井をぼうっと眺めていると、軽い足音が近づいてきた。

「お疲れ様です、兄さん。けれど私たちはここからが本番ですよ」

視線を横に向ければ、苦笑を浮かべた制服姿の深月が立っている。

昨夜、俺が宿舎の外で襲撃者たちを相手取っていた時、深月たちも建物の中でいざという場合に備えていた。結局そのような事態は起こらなかったのだが、そこで時間を取られたシワ寄せで今日の準備はギリギリだった。

「……ああ、分かってる。明日からは学生のためのパーティーだもんな。生徒会長と実行委員長の頑張りどころだ」

腕を大きく上げて背伸びをした俺は、気合を入れ直して立ちあがる。

疲れは溜まっているが、まだ休むことはできない。

するとそこに他のブリュンヒルデ教室メンバーも集まって来た。

「モノノベ！　あたしも手伝うよ！」

長い銀髪を弾ませて駆けてくるのは、まだ元気が有り余っている様子のイリスだ。

その後ろからやってきたアリエラは、そんなイリスに尊敬の眼差しを向ける。

「イリスはすごいね……ボクはもうクタクタだよ。取材なんてもうこりごりだ」

確かにアリエラの顔には疲労が色濃く現れていた。

このパーティーにミッドガルの一般生徒は出席していないが、俺たちは例外だ。世界中の人々に協力を仰ぐ時に顔と名前を晒したメンバーは、全員メディアの取材に制服姿で対応している。

「あんなのは適当にあしらっておけばいいのよ。真面目に答えても損なだけだわ」

そう発言したのは、まだ余裕のありそうな様子のキーリだった。

けれどすぐさまその横からリーザが口を挟む。

「ちょっとキーリさん。最後の戦いで力を貸してくれた皆さんに対して、それでは失礼ではありませんの？」

「何言ってるのよ。私たちは力を貸してもらった代わりに世界を救ったじゃない。それで全部チャラ。立場は対等。こっちがへりくだる必要なんてないわ」

「わたくしは別に下手に出ろと言っているわけではありません。これは誠意の問題で――」

口論を始めるリーザとキーリ。

だがいつものことなので特に止めることはせず、俺は近寄って来たレンに話しかける。

「レンは宮沢所長と話せたか？」

アスガル極東支部第一研究所の所長であり、レンの父親でもある宮沢健也も、このパーティーには顔を出していた。

「……ん。話してない。でも、背中にグーでパンチしてきた」

レンはそう言って満足げに笑う。

「そっか、よくやった」

俺も笑ってレンのふわふわした赤毛を撫でると、彼女は気持ちよさそうに目を細めた。

「あーっ！　ユウ！　ティアもティアも！」

それを見たティアにせがまれ、俺はもう片方の手でティアの頭も撫でる。

パーティー中はずっと帽子を被っていたティアの髪は、少し汗で湿っていた。彼女の角は少し目立ちすぎるので、取材では隠すことにしていたのだ。

するとそこで腰の辺りに軽い衝撃。

振り返ると紫音が何か言いたげに俺を見上げていた。

その後ろにはジャンヌとヴリトラの姿もある。

決戦時に顔と名前が放送されなかったこの三人はパーティーに参加せず、他の場所に待機していた。

「隊長、お疲れ様でした。紫音は昨日今日と隊長に構ってもらえなかったので、少し寂しかったみたいですね」

ジャンヌは俺に無言でしがみついている紫音を見ながら言う。ヴリトラも疲れた様子で頷いた。

「我がずっと遊んでやっていたのだぞ？　感謝するがよい」

「……パパ」

視線でじっと訴えてくる紫音。

だが相手をしようにも俺の両手は今塞がっている。どうしようかと考えていると、ティアが俺の手を掴んで持ち上げた。

「ユウ、ティアはお姉さんだからシオンに代わってあげるの！」

それを聞いたレンも名残惜しそうに俺から離れる。

「ん……わたしも」

「二人ともありがとな」

俺は彼女たちに礼を言ってから紫音に向き直り、紫色の髪を指で梳いた。

「寂しくさせて悪かったな。今日はこれからホールの飾りつけなんだが……紫音も手伝ってくれるか？」

これまでの事務仕事と違い、飾りつけならば紫音も参加できるだろうと思い提案する。

すると紫音はパッと顔を明るくして、大きく頷いた。

「うんっ！　ワタシ、パパのおテツダイする！」

喜ぶ紫音の様子に周りにいた皆の顔も綻ぶ。

そんな俺たちのところに篠宮先生とシャルロット学園長もやってきた。

「物部悠。この会場の後片付けは私たち職員で行おう。君たちは早く本来の仕事に戻るといい。紫音――しっかり頑張るんだぞ？」

篠宮先生は紫音の肩に手を置いて励ます。

「友よ、乙女たちよ！　諸君らのおかげで対外的なアピールは成功したと言えるだろう。これでしばらくは外の目を気にする必要はない。肩の力を抜いて残り二日のパーティーを楽しむといい」

ミッドガルの主に相応しい煌びやかなドレスに身を包んだシャルロットは、真面目な顔で俺たちを労う。

だがすぐに表情を緩めると、俺に素早く近寄って耳打ちする。

「――ふっふっふ、実はな友よ。乙女たちのため、とびっきり大胆で美しいドレスを用意したのだ。明日を楽しみにしておくがよい。というかしっかり記念写真を撮っておくのだぞ？　後日、私もじっくり眺めたいからな」

「シャルは相変わらずだな……まあ、分かったよ」

苦笑しながら俺は頷き、会場の出口へ足を向けようとしたが――ふと気付いた。

「あれ？　そういえばフィリルはどこに行ったんだ？」

辺りを見回してみるが何故かフィリルの姿だけ見当たらない。

フィリルも俺たちとパーティーに出席していた。

エルリア公国の王女でもある彼女はメディアへの対応だけでなく、各国の代表とも挨拶を交わしていたので俺たち以上に疲れているだろう。

「……どこかで倒れていたりしませんわよね？」

俺の呟きを聞いたリーザも心配そうに視線を巡らせる。

「あたし、フィリルちゃんを探してくる！」

イリスがそう言って駆け出そうとした時、辺りが突然暗くなった。

そして会場奥にあるステージだけが眩い照明に照らし出される。

「い、いったい何なんだい？」

アリエラが戸惑いの声を零す中、俺たちはステージに注目した。

するとステージの袖から赤いマントと王冠を被った男性が歩み出てくる。

「あっ！　フィリルのお父さんなの！」

彼を見たティアが声を上げた。

「アルフレッド王……？」

篠宮先生も状況が分かっていないようで、エルリア公国の王である彼を見つめて訝しげな表情を浮かべる。

先ほどのパーティーには彼も参加していたのだが、あのようにいかにも〝王様〟という出で立ちではなかった。

正装のアルフレッド王はステージの中央で立ち止まると、俺たちの方に向き直る。

そこでシャルロットが俺たちを代表して問いかけた。

「どうしたのだ、アルフレッド王よ。そちらの専用艇に何か問題でもあったのか？」

ステージまで少し距離はあるが、会場が静かなので声はよく通る。

疑問をぶつけられた彼は、少し気まずそうに首を振った。

「いえ、違うのです。シャルロット学園長……実は一つ、娘に頼まれたことがありまして……少し出発を遅らせてもらったのですよ」

「うん、お父様には見届け人を頼んだの」

彼がそう答えるとステージの袖から白いドレス姿の少女が現れる。

「フィリル……？」

俺は息を呑む。

少女は俺たちが先ほど探していたフィリルだ。しかもあのドレスはよく見ると……。

「わあ！　ウェディングドレスなのっ!!」

歓声を上げるティア。

そう、あれは間違いなく花嫁衣裳。そういえば忙しくて忘れていたが、フィリルはこのパーティーで何かをすると言っていたような……。

こちらを見たフィリルと視線が合う。

「ふふ——物部くん、ついにこの時が来たんだよ」

そう呟いたフィリルはアルフレッド王の傍まで来ると、ドレスを見せつけるようにクルンと一回転してから設置されたままのマイクを手に取った。

「みんなーっ！　今から古代エルリア式婚姻の儀——完全版・ハードモードをはっじめっるよーっ‼」

腕を高く掲げて叫ぶフィリル。

けれど俺たちはポカンとするしかなく、フィリルの声が広い会場にむなしく反響する。

「もう……みんな、ノリが悪いよ。せっかく物部くんと結婚できるチャンスなのに」

不満げにステージ上のフィリルは頬を膨らませた。

その言葉を聞き、我に返ったリーザが一歩前に出る。

「フィ、フィリルさん！　結婚とは……いったいどういうことなんですの⁉」

「そのままの意味だよ、リーザ。今からするのはね、エルリア公国で昔行われていた結婚のための儀式。この儀式を達成したカップルは、どんなに身分や年齢が違っても結婚できるの」

そう答えたフィリルは、横のアルフレッド王を見た。

彼はどこか諦めたような顔付きで首肯する。恐らくここに至るまでフィリルと色々なやりとりがあったのだろう。

「――ああ、確かにエルリア公国にはそのような古い法がある。撤廃はされていないので、今でも有効なものだ。王族の立会人がいれば、この儀式は成立する。ゆえにこうして正装に着替えてきた」

歴史を感じる王冠とマントを示し、アルフレッド王は告げた。

父親の言質を取ったフィリルは満足げに微笑む。

「うん、そういうこと。でも安心して。私が勝手に物部くんと結婚しちゃうってわけじゃないから。チャンスはこの場にいる全員にある。もちろん学園長や篠宮先生にも」

「んなっ⁉」

シャルロットは顔を赤くしてたじろぎ、篠宮先生も動揺を露わにした。

「わ、私が物部悠と？　ば、馬鹿を言うな。私と彼は教師と生徒で――」

そして焦る彼女たちには構わず、ティアが手を挙げて発言する。

「ティア、まだケッコンできる年じゃないけど大丈夫なの？」

その質問にフィリルは笑顔で頷いた。

「もちろん。ティアもオーケーだし、紫音だって大丈夫」

ぐっと親指を立ててフィリルは請け合う。

「じゃあティア、頑張るのっ！」

「パパとケッコン……よくワからないけど、でもワタシもやりたい」

フィリルに乗せられてやる気を見せる二人だったが、他の者はそうもいかない。

「フィリルさん！　勝手に話を進めないでください！　兄さんとの結婚なんて、私が認めません！」

きっぱりと言い切る深月だったが、フィリルは悪役のような笑みを浮かべ、懐からスイッチを取り出した。

「深月、ここで議論をするつもりはないよ。だってもう、状況は整っているんだから。選択肢は――この儀式に参加するかしないかだけ」

そう言ってフィリルはスイッチをポチリと押す。

ゴゴゴゴゴ――！

頭上から聞こえてくる低い音。

見上げれば天井にあるハッチが開こうとしていた。

ここは本来演習場なので、ああいった搬入口のようなものがいくつもある。

「な、何が始まっちゃうの……」

イリスは不安そうに天井を見つめていた。

そこにフィリルの声が響き渡る。

「すっごく昔、エルリア公国では、本来結婚できないような間柄の恋人たちがそれを望んだとき――国王がある試練を課すことで特別に結婚するチャンスを与えてたの」

フィリルは厳かな口調で儀式の由来を語った。

「試練の内容は、空に放った鳥を弓で射落とし、足に結び付けられている書簡の質問に答えること。恋人同士でその答えが一致したら結婚できて、合わなかったらエルリア大瀑布の滝壺に落とされちゃうの」

その物騒な説明に皆の顔が強張る。

そんな俺たちの反応を見たフィリルは笑顔で首を振った。

「大丈夫だよ、安心して。試練の内容はちゃんと現代風にアレンジしたから。このためだけに鳥を射るなんてかわいそうだし、ミッドガルには滝なんてないもの」

フィリルがそう言った直後、天井のハッチから次々と小型のドローンが飛び出してきた。四つのプロペラで自由自在に飛び回るドローンには、それぞれ小さな筒が取り付けられている。

「見て、あのドローンが鳥の代わり。あれをペイント銃で狙ってね。センサーが汚れたら自動で着陸するようになってるの。あ、銃はテーブルの下だよ」

それを聞いたレンがテーブルクロスを持ち上げて、下を覗き込んだ。

「……ん。ホントにあった」

レンが取り出したおもちゃのようなプラスチック製のペイント銃を見て、ジャンヌは目を細める。

「どんな銃であれ、これはオレにかなり有利な条件……ひょっとするとオレが隊長と――い、いや、オレは別に隊長のお傍にいられればそれで……」

頭を抱えて悩み始めるジャンヌだったが、そこでフィリルが補足を入れた。

「滝壺の代わりは、ハードな罰ゲームだからねー。肝心なのは撃ち落とすことじゃなくて、物部くんと答えを合わせること。何度でも挑戦はできるけど、罰ゲームを受けたらたぶんしばらく行動不能になっちゃうよ？」

不敵な笑みを浮かべたフィリルはバサリとウェディングドレスの裾を捲り、太ももに付けていたホルスターから二丁のペイント銃を引き抜く。

「じゃあ説明は終わりっ！　よーい、スタートっ！」

開始を宣言したフィリルは早速二丁の銃を掲げ、ドローンに向けて引き金を引く。

「ちょっ――フィリルさん！　まだ私は認めてませんよ！」

慌てて止めようとする深月だったが、隣にいたリーザがテーブルの下からペイント銃を取り出したのを見て、眉を寄せた。

「り、リーザさん、やる気なんですか？」

「フィリルさんを止めるには、先にこの儀式をやり遂げるしかありませんわ。本当に結婚するかどうかは勝者の自由なんですから」

そう言って凛々しく銃を構えるリーザだったが、そこでちらりと俺の方を見る。

「ただ、彼が嫌でなければ別に拒む理由もないのですが……」

「ってやっぱり普通に参加するつもりじゃないですか！　もういいです――分かりました。こうなったら私が兄さんを守り抜いてみせますっ！」

深月も開き直った様子でペイント銃を手に取った。

それを皮切りに他の皆もテーブルの下に腕を突っ込む。

「えっと、まあ……せっかくだし。あんまり武器は持ちたくないけど、こういうおもちゃみたいな銃なら……」

アリエラは言い訳っぽく呟きながら、ペイント銃を握りしめた。レンも既に銃を二丁確保している。

「ん、わたしも頑張る。こういうの、やってみたかった。お姉ちゃん、撃ち方教えて」

アリエラにペイント銃の撃ち方を訊ねるレンを見て、ティアも駆け寄ってくる。

「ティアにも教えて欲しいの！」

「アリエラちゃん、あたしにも！」

イリスまで近づいてきたのを見て、アリエラは溜息を吐く。

「いや、ボクら一応ライバルなんだけど……まあ、いいか。これはフィリルなりのサプライズイベントだと思って楽しむのがいいのかもね。どうなるかは結局、物部クン次第なんだろうし」

肩の力を抜いたアリエラは俺の方を一瞬見てから、皆にレクチャーを始めた。

紫音もペイント銃を持ってジャンヌの方に走っていく。

「ママ、オシエて」

「……あ、ああ、分かった。よし、二人で隊長を守ろう！」

悩んでいたジャンヌも覚悟を決めた様子で拳を握りしめた。

「私は結婚なんてどうでもいいんだけど……見ているだけなのは退屈だし、参加してあげるわ。お母様もやるわよね？」

キーリはそう言って取り出した銃の一つをヴリトラに手渡す。

「ふむ……我も人間の作った法など興味はないが、この催しは楽しそうだ。危険もないようだし、付き合ってやることにしよう」

ヴリトラは受け取ったペイント銃を興味深そうに眺めながら頷いた。

そしてシャルロットと篠宮先生も躊躇った末に銃を握る。

「ハルカよ、私はあくまで友を救うために参戦するのだぞ？　決して本気で結婚しようとしているわけではないぞ？　ホントだぞ？」

シャルロットは篠宮先生に何度も念を押していた。

「は、はい、分かっています。私もあくまでこの騒ぎを早く治めるために参戦するだけです。アルフレッド王が関わっている以上、儀式自体を中止させれば面目を潰してしまいますからね。それに……きょ、教師が生徒と結婚など……ふ、風紀に関わります」

頷く篠宮先生だったが、妙にこちらを気にしている。

「………俺はどうすりゃいいんだ」

皆がドローンを狙い始める中、取り残された俺は途方に暮れた。

俺は間違いなくこの状況の当事者なのだが、何をすればいいのか分からない。

するとそこにウェディングドレス姿で二丁の銃を手にしたフィリルが近づいてくる。

「物部くんは誰かがドローンを撃ち落としたら、その子とお父様のところへ行ってね。そしたらお父様が質問を読み上げるから、せーので同時に答える感じで」

早口で説明してくるフィリルに俺は抗議の視線を向けた。

「それで答えが合ったら、本当に結婚することになるのか？」

「うん、エルリア公国的にはバッチリと。できれば私が物部くんと結婚したいし、そのつもりでこのドレスを着てきたけど……他の誰かが勝っても文句は言わない」

覚悟を決めたような堂々とした台詞だったが、俺は彼女の目に何か企みの光が宿っていることに気付く。

「で、本当の狙いは？」

俺が促すとフィリルは悪戯っぽく笑った。

「ふふ――誰が結婚することになっても、きっと他の子は納得しない。でも結婚を取り消せないなら、同じ立場になるしかないでしょ？　そうしたら私が前に提案したハーレム計画に乗らざるを得ない」

ぐっと拳を握ってフィリルは野望を語る。

「フィリルはブレないな……」

溜息を吐く俺を見て、フィリルは笑顔で頷いた。

「もちろん、乙女の決意はそう簡単に揺るがない。でも……物部くんが嫌だったら話は別だよ？」

そこで少し弱気な顔を見せたフィリルは躊躇いがちに言葉を続ける。

「本来の儀式ではね、滝壺に落とされる恐怖に負けた人は相手のことを矢で射抜くの。そしたら儀式はご破算」

「……残酷だな」

「まあ、昔のことだし。だけど今回もリタイアはあり。物部くんがペイント銃で私たちを撃てば……この儀式はおしまいになるよ。どうする？」

フィリルはいつでも撃てというように、大きく両手を広げた。

俺は皆を〝絶対に幸せにする〟と決めている。

正直、そのための方法としてフィリルの案がベストだとは言い切れない。けれど――。

じっとこちらを見つめるフィリルの姿を眺め、俺は深々と嘆息する。

「……撃たない」

そう俺が告げるとフィリルはホッとした様子を見せたが、すぐに疑問の表情を浮かべた。

「よかった――でも、どうして？」

問われた俺は、フィリルの身に着けている純白のウェディングドレスを指差す。

「そのドレスを汚せるわけないだろ。そうだな……今ここで結婚するかどうかは別にして、ちゃんと言っておかなきゃな」

俺は頭を掻き、恥ずかしいのを堪えながら告げた。

「フィリル、よく似合ってる。綺麗だ」

「ふぇっ……!?」

変な声を上げたフィリルは途端に顔を真っ赤にし、両手をわたわたと動かす。

「ちょっと物部くん！　それダメ！　不意打ち！」

赤面を隠すように背を向けたフィリルは、そのまま銃を構えた。

「………もう、物部くんのせいで必要以上にやる気が湧いてきちゃったよ。誰が勝ってもいいなんて思わない。絶対に、私が勝つから」

フィリルは強い口調で宣言し、パーティー会場を飛び回るドローンの群れに突撃していく。

「――自分の意志で撃たなかったんだから、もう文句は言えないな」

結果がどうなるにせよ、この儀式に付き合おうと決めた俺は、アルフレッド王の元へ歩き出した。

けれど会場奥のステージに辿り着く前に、喜びの声が響く。

「隊長！　やりました！」

見ればジャンヌの前にペイント弾で汚れたドローンが降りてくるところだった。

銃の腕がずばぬけているジャンヌがやはり一番のようだ。

ジャンヌはドローンに付いていた白い封筒を外し、俺の方に走ってくる。

「あ、あの、隊長。オレはその、結婚なんて大それたことを望んでいるわけではないのですが……この儀式を終わらせるために勝者が必要なら、お、オレが――」

しどろもどろになっているジャンヌに俺は苦笑し、彼女の腕を掴んでステージの方へ引っ張った。

「分かった、助かる。じゃあアルフレッドさんのところに行くぞ」

そう言って俺はジャンヌと共にステージへ上がり、遠い目で会場を眺めていたアルフレッド王に恐る恐る封筒を手渡す。

歴史ある儀式がこんな風にアレンジされたこと、娘の結婚がかかっていること、それらについてどう考えているのか分からなかったが、彼は俺を見て柔らかく微笑んだ。

「娘のワガママに巻き込んで悪かったね。世界を救ったご褒美と言われたら、さすがに断りようがなかったのだよ。けれど——結婚とは言ってもエルリア公国内だけで通用する特別待遇のようなものだ。気楽にやりなさい」

「——はい、分かりました」

その言葉に安堵する俺だったが、彼はそこで表情を険しくする。

「ただし、娘と結婚する場合に限っては話が別だ。物部君、覚悟しておくように」

「りょ、了解です」

父親の迫力に圧されて俺は頷いた。

「よろしい。では儀式を始めよう。今、汝らに問う」

封筒から一枚の紙を取り出した彼は、重々しく内容を読み上げる。

俺とジャンヌはごくりと唾を呑み込んだ。

「風呂に入りし時、汝らはまず体のどこから洗うか」

「へ……？」

思った以上に日常的な質問をぶつけられた俺たちは呆然とするが、アルフレッド王は構わずに進行する。

「では呼吸を合わせ、問いの答えを」

彼に促されて俺とジャンヌは顔を見合わせ、せーので答えを告げた。

「左腕」

「胸の辺りです。む、蒸れるので……」

俺は左腕を、ジャンヌは胸に手を当てる。

アルフレッド王が手を挙げると、ステージの脇から台車を押す女性が出てきた。あれは確かフィリルの元乳母で、パーティーにもお付きとして同伴していたヘレンさんだ。

台車には何か金属製の長靴のような物体が乗っている。

「それを足に装着しなさい」

どうやら見た目通り、履くものらしい。

嫌な予感を覚えながら俺たちは言われた通りにする。内側にはクッションのようなものがあって意外と柔らかい。

「それは以前、娘が私の誕生日祝いに贈ってくれた健康器具。強力足つぼマッサージ機

〝悶絶職人〟だ」

どこか暗い表情でアルフレッド王は語り、リモコンらしきものを取り出す。

「私が初めて使った時、城内に悲鳴が響き渡り、護衛の者たちが押し寄せてきた。そして私はこの器具の名前通り、一時間は悶絶していたな……」

「い、一時間……」

実感の籠った台詞に俺は表情を引き攣らせたが、隣のジャンヌは強気に笑った。

「大丈夫です、隊長。こういったものは、体に悪いところのない人間には大して痛くないものだと聞いたことがあります。ですから――」

けれどアルフレッド王がスイッチをオンにした瞬間、俺たちの絶叫が会場に響き渡る。

そして一分後、悶絶して床に倒れている俺とジャンヌに、アルフレッド王は哀れむように告げた。

「残念だが、この器具は少しの疲労でも効果があるのだ」

ヘレンさんがマッサージ機を外してくれても、まだ痛みが足の裏に残っている。

ジャンヌはぴくりとも動かず――そんな俺たちの様子に他の皆は若干引いたようだったが、次は果敢にもアリエラがやってきた。

俺は力を振り絞って何とか立ち上がるが、そこでふと気付く。

「も、もしかして俺は……失敗するたびに罰ゲームを受け続けるのか……？」

「そうみたいだね。だから物部クン、これで終わらせようよ。一緒に戦った時も息がぴったりだったし、きっといけるって」

　アリエラは明るい声で俺を励ましてくれた。それで俺も何とか折れそうな心を奮い立たせる。

「汝らに問う。世界平和の実現に最も必要なものは？」

　先ほどとは打って変わってスケールの大きな質問だ。

　俺とアリエラが出した答えは――。

「抑止力」

「愛……とか？」

　アルフレッド王は悲しげに目を細めた。

「罰ゲーム――悶絶職人」

　またもや俺たちの叫びが会場に反響する。

　だが休む暇なく、今度は深月がやってきた。弓を架空武装にしているだけあって、ドローンの確保が速い。

「兄さん、私が来たからにはもう安心です。私は兄さんのことなら何でも分かってますから、答えをばっちり合わせてみせます」

　倒れ伏すジャンヌとアリエラを見ても怖気づくことなく、深月はこの試練に臨む。

「そ、そうだな……頑張ろう、深月」

　二回の罰ゲームで既に俺はふらふらだが、深月の手を借りて何とか立ち上がった。

そんな俺たちへの質問は――。

「汝らに問う。結婚した後、子は何人を望むか」

「な――」

思わず顔を見合わすと、深月は耳まで真っ赤になっている。

俺も顔が熱くなるのを感じながら、深月と答えを口にした。

「ふ、二人ぐらい……？」

「じゅっ……あ、じゃなくて、ふ、ふふ、二人です」

一応答えは合ったが、深月が後から俺に合わせたのは明白。

「残念だが、同時ではないので失格だ」

アルフレッドさんはそう言って罰ゲームを執行。

「――――っ!!」

今日までの疲れもあったのか、深月は一際悶えた後、ぐったりして動かなくなってしまう。

俺は少し慣れてきたが、やはり悲鳴を堪えることはできない。

けれど休む暇はなく、ドローンを撃ち落とした者たちが次々とやってくる。

「モノノベ・ユウ。次はわたくしですわ。これでも……あなたのことは理解しているつもりですから、勝算はあるはずです」

リーザは自信を見せながらも、決して油断はしていなかった。

だが儀式の質問は、またもこちらの予想を超えてくる。

「汝らに問う。子供が学校に通い始めた時、小遣いは月にいくら与えるか」

それを聞いたリーザは俺の方を見て、こくりと頷いてみせた。どうやら俺の価値観に合わせてくれるつもりらしい。

なので俺が実際、小学一年生の頃に貰っていた小遣いを答えることにする。通貨単位も円で問題ないだろう。

「百円だ」

「千円ですわ」

直後、信じられないような顔でリーザが俺を見た。

「ひゃ、百円でいったい何ができるんですの⁉　日本では缶ジュースも買えないはずですわ！」

「……リーザ、日本には十円で買える菓子もあるんだよ」

歩み寄ってくれたのは分かるが、それでもまだ価値観の差は埋まらなかったようだ。

そして二人で悶絶。

「じゃあ次は私ね。悠、もうこれ以上罰ゲームを受けたくないのなら、私に合わせた方がいいわよ？」

次の挑戦者はキーリ。

彼女はリーザと正反対のスタンスで儀式に臨む。

「汝らに問う。道端で段ボール箱に入った捨て猫を見かけたらどうする」

――キーリに合わせればいいんだよな。

先ほどの指示を思い出し、俺は答えた。

「拾って飼う」

「無視するわ――ってちょっと悠！　私に合わせてって言ったでしょう？」

「だからキーリに合わせたんだよ。昔、川に飛びこんで子猫を助けたことがあっただろ」

「あ、あれはあの子が勝手に付いてきて、それで――」

言い合いをしている間に、ヘレンさんが素早く俺たちの足にマッサージ機を装着。俺たちの会話は途中で絶叫に変わる。

「想像、以上だわ……」

倒れ伏す犠牲者たちの一人となるキーリ。

「……物部悠。次は、その、私とお願いできるか。いや、これはあくまで早く事態を収拾するための行動で、教員としての責任を――」

すると前のジャンヌと同じような台詞を言いながら、篠宮先生がやってきた。

「はい、やりましょう」

度重なる罰ゲームで思考力が奪われつつある俺は、特に疑問を覚えることなく首を縦に振る。

「汝らに問う。朝、おはようのキスはどこにしたいか」

「な――何という破廉恥な質問を……そ、そもそも私はまだ――」

動揺を露わにする篠宮先生だったが、ハッとして俺の方を見ると咳払いをして、場を仕切り直した。

「い、いいだろう。物部悠、君には少しばかり刺激的な問いかけだろうが――大人の私に合わせて欲しい」

俺はその要望を聞き、少し考えてから答える。

「唇」

「額………待て、物部悠。君はまさか今、唇と答えたのか？」

たじろぐ篠宮先生の足にマッサージ機を取り付けるヘレンさん。

「すみません、大人の篠宮先生なら唇なのかなって……」

俺は謝りながら自分でマッサージ機に足を突っ込んだ。

「そ、そんな、朝から大胆な――はうっ⁉」

言葉の途中で足つぼマッサージ機が動き出し、篠宮先生はここまでで一番のリアクションを見せた。やはり大人は疲れが溜まっているらしい。

俺は痛みを堪えながら、気絶寸前の篠宮先生から足つぼマッサージ機を取り外す。

「あっ！　やったー！　やっと当たったよモノノべっ！」

そこにイリスの嬉しそうな声が聞こえてきた。

「違うの！　今のはティアのが当たったの！」

けれどティアが何か異議を唱えている。

「んん、わたしの弾も当たったと思う」

「ワタシも、ドウジにメイチュウした」

「いや、それは我の獲物だぞ！」

「乙女たちには悪いが、落ちてきたドローンを捕まえたのは私だ」

さらにレンと紫音、ヴリトラ、シャルロットも言い争いに加わった。

ドローンが残り少なくなったことで、一機を取り合うような状況になったようだ。

その様子を見たアルフレッドさんは、彼女たち全員をステージに手招く。

「ならば、皆同時に儀式を行おう。古の記録では、重婚を望んだ者たちが儀式に挑んだこともあったようだからな」

そうして俺とイリス、ティア、レン、紫音、ヴリトラ、シャルロットは一斉に質問に答えることとなった。

「モノノベ、本当に結婚しちゃったら……ど、どうしよ？　もしかしてあたしの名前、イリス・モノノベになっちゃうの？　あたしもモノノベなの？」

儀式を前にイリスはやたらと浮き足立っている。

「ダメなの！　モノノベになるのはティアなの！」

ティアの抗議を聞いた紫音は、不思議そうに首を傾げた。

「ケッコンしたら……パパになるの？　パパが二人？　ワタシもパパ？」

「んん、違う。お兄ちゃんは増えない。あれ……でも、結婚したらお兄ちゃんは、お兄ちゃんじゃなくなる……?」

レンも何か混乱し始めたようで、頭を抱えている。

「も、もしや結婚とは、存在そのものを変質させるような儀式なのか? だとすれば我は人間というものを侮っていたのやもしれん……」

妙な勘違いをしたヴリトラは、強張った表情で戦慄中だ。

「お、おい、落ち着けって。シャル、何とか皆を――」

俺は唯一の大人であるシャルロットに助けを求めようとするが、彼女は凄まじく緊張した様子で立ち尽くしていた。

「な、何か言ったか、友よ。も、もしや私が本気でそなたとの結婚を望んでいると思ってはいまいな? 安心せよ、私が愛するのは美しき乙女たち……そのはず、なのだが……何故だか先ほどから動悸が治まらぬのだ。か、顔も熱いし、もしや風邪なのでは……い、いや、ヴァンパイアである私がそのような――」

シャルロットは上擦った声で早口に告げる。

早過ぎてよく聞き取れなかったが、皆を宥めている余裕はなさそうだ。

そんな混乱した状況の中、アルフレッドさんは淡々と問いを口にする。

「汝らに問う。愛する者と休日に何をしたいか」

――ミッドガルだとやれることも限られるよな。外は暑いだろうし……。

俺は少し考えてから、皆とタイミングを合わせて答えた。

「部屋でゆっくり映画を見る」

イリスとティアは元気よく告げる。

「海で一緒に泳ぐ！」

「砂浜でおっきなお城を作るの！」

レンと紫音（しおん）は少し恥ずかしそうに言う。

「……一緒にお昼寝」

「ヒザマクラしてホしい……パパに」

ヴリトラとシャルロットは自信満々で断言する。

「ゲームで時間を浪費することこそ、人間の高度で安全な娯楽だと我は知っているぞ」

「無論ガールズウォッチングだ！　共に麗しき乙女を眺め、語り合う……これこそ至高の休日！」

誰か被（かぶ）っても不思議ではない質問だったのに、見事に全員バラバラだ。

そして悶絶（もんぜつ）職人が取り付けられ、同時に罰ゲーム。

「――ぐうっ⁉」

「はうっ⁉　い、痛いよ、助けてモノノベ～っ！」

しかし俺とイリスが悲鳴を上げる中、他の皆はきょとんとした顔をしている。

「あれ？　ティア、全然平気なの」

「ん、ちょっとくすぐったいだけ」

「ワタシもヘイキ。パパたち、オモシロい」

「この程度で悶絶するとは……我の相棒として少し情けないのではないか？」

「ふむ、どうやら私たちはこのマッサージ機を使うには足が小さすぎるようだな。いや、私が幼児体型というわけではないぞ？　友よ、そこのところは勘違いせぬようにな」

ティア、レン、紫音、ヴリトラ、シャルロットの五人は、拍子抜けした様子で悶絶する俺たちを見る。

カツン、カツン、カツン――。

そこに響く足音。

俺が激痛に耐えながら顔を上げると、封筒を手にしたフィリルがこちらに悠然と歩いてくるのが見えた。

「ふふ、これで一通り挑戦したよね？　私が勝手に始めた儀式だから、皆が終わるまでずっと待ってたんだよ。さあ――とうとう私の番だよ、物部くん」

不敵な笑みを浮かべてステージに上ったフィリルは、アルフレッド王に封筒を渡そうとするが……そこでふと動きを止める。

フィリルは罰ゲームを受けた先行者たちを眺め回した後、溜息を吐いた。

「はぁ……でも、もしこれで私が成功しても、何だか仕込みっぽいよね。なら――うん、決めた。この質問を最後ってことにして、今みたいに皆で答えようよ。その上で私がバッチリ物部くんを王子様にしちゃうから」

その提案によって、俺たちは全員でアルフレッド王の前に立つことになる。

「……フィリルは、これでいいのか？」

俺が隣に立つ彼女へ問いかけると、彼女は笑顔で頷く。

「もちろん。皆とは、正々堂々戦いたいの。ズルしたなんて、思われたくないし」

確かにこの儀式はフィリルが企画したものなのだから、自分の質問を簡単なものにすることも可能だろう。そうした疑念を抱かせないため、フィリルはこの方法を選んだのだ。

「分かった。じゃあ俺はどんな質問が来ようと、誰かに合わせることは考えないで、思った通りの答えを言うからな」

「うん、私も」

頷くフィリル。

話を聞いていた他の皆も首肯を返した。

こちらの準備が整ったのを見たアルフレッド王は、厳かに最後の質問を口にする。

「汝らに問う。この瞬間、汝らが最も守りたいと願うものは何だ」

その問いを聞いた時、頭に思い浮かんだ多くのもの。

そこから何を選べばいいか迷うが、すぐにそれらはたった一つの言葉で言い表すことができると気付く。

だから俺は、素直にそれを口にした。

「──今」


すると声が重なる。

他の言葉は聞こえなかった。

驚いて周りを見回すと、他の皆もポカンとした表情を浮かべている。

そして誰よりも唖然としているのは、問いを口にしたアルフレッド王だった。

──もしかして全員同じ答えを口にしたのか？

この場合、儀式はどうなるのだろう。まさか、全員で結婚とか……。

俺たちの視線は見届け人であるアルフレッド王に集まる。

「…………」

彼は無言のまま娘のフィリルをちらりと見た。俺たちが戸惑う中、フィリルだけは目を輝かせて父を見つめている。

期待の籠った娘の眼差しに、アルフレッド王の額から汗が伝い落ちた。

「……百歩譲ってフィリルと物部君の結婚は認めるつもりだったが、同時にこの人数は……あまりに前例が……布告をする以上、国民が納得するような形でなければ……フィリルの立場も……下手をすれば王家への信頼が……」

彼はぶつぶつと呟きながら頭を抱える。

どうやらこれは想定外の事態だったようだ。するとヘレンさんがアルフレッド王に近づき、何か耳打ちをする。

それを聞いた途端、アルフレッド王はハッとした表情を浮かべ、姿勢を正した。

そして彼はおもむろにマントを翻し、俺たちに背を向け、厳かに告げる。

「今ここに、古代エルリア式婚姻の儀、完全版・ハードモードは終結した」

どのような裁定が下るのかと息を呑む俺たちだったが、アルフレッド王はそのままゆっくりと歩き出す。

真っ直ぐに、会場の出口へ向かって――。

「お、お父様！　どこに行くの⁉」

慌てたフィリルが叫ぶと、彼は出口の前で立ち止まり、こちらに顔を向ける。

「……よく聞くがよい、フィリル。今回行われた儀式を成立させるには、あと一つ為さねばならぬことがあるのだ」

「ええっ⁉　嘘！　そんなの聞いてないよ！　完全版って言ったじゃない！」

「う、嘘ではない！　ヘレンに言われて思い出したのだ！　儀式の結果、平民が王族に加わる場合、その者は王族になるための試練も受けねばならぬとな！」

そこで彼は鋭い視線で俺を射抜いた。

「物部君――儀式による婚姻を成立させたくば、エルリア公国にて王の試練を乗り越えてもらおう！　私はいつでも待っているぞ！　では、さらばだ！」

そう言って会場の外へ歩き去るアルフレッド王。ヘレンさんも一礼をして後に続く。

二人の背中を見送ったフィリルは、悔しげに拳を握りしめる。

「ぐぬぬ……お父様、往生際が悪いよ。ミッドガルから出るのも簡単じゃないのに……」

けれどフィリルは気持ちを切り替えるように頭を振り、俺たちに視線を巡らせた。

「皆、私たちの戦いはまだ始まったばかりだよ！　力を合わせて頑張ろうっ‼」

固めた拳を掲げてフィリルは叫ぶ。

「よ、よく分からないけど頑張ろうーっ‼」

「頑張るのーっ！」

「ガンバる！」

イリスとティア、紫音は号令に答えたが、他の皆は呆れた表情で肩を落とした。

「……どうせこんなオチだとは思っていましたが、この騒動はまだ続くんですね」

溜息を吐く深月の肩をリーザがポンと叩く。

「またスケジュールが押してしまいましたわね。ホールの飾りつけ、手伝いますわ」

「ボクも行くよ。足つぼマッサージのおかげか、すっごく体が軽いんだ」

ぴょんぴょん飛び跳ねてみせるアリエラを見て、篠宮先生は自分の足に目を向けた。

「確かに……足のむくみが取れているな」

「悶絶するほどの痛みでしたが、それに相応しい効果もあったようですね」

ジャンヌも驚いた様子で足をさすっている。

「……それにしても、王の試練か。何やら気になる響きだ。ちょっとわくわくするぞ」

そんな中、シャルロットはアルフレッド王の言葉を気にしていた。

「ん。ロマンがある」

レンが同意するとヴリトラも深く頷いた。

「我も興味があるな。人間の作った儀式は意外と面白い。危険がないのであれば、次も参加してやろう」

キーリは苦笑を浮かべながら呟いた。

「試練はともかく、ミッドガルの外には出てみたいし……力を貸してあげようかしらね」

そんな皆の様子を見て、俺は思う。

これこそ俺たちが守りたいと願った〝今〟なのだと――。

◆クリスマス・エピローグ

クリスマスパーティーの最終日、十二月二十五日。

ホールでの催しは夕方で終わり、実行委員である俺はその後片付けに奔走していた。

けれど作業が一段落して辺りを見回すと、手伝ってくれていたはずのクラスメイトたちの姿がない。

荷物を搬出している職員の人たちに訊ねると、少し前に教室へ戻ったということだった。

人手がもう足りていると判断して撤収したのだろうが、一言もなかったのは少し寂しい。

——何か怒らせるようなことをしたっけな。

思い返してみると、わりと心当たりがある。

あまりに忙しくて、ブリュンヒルデ教室の皆と踊ると約束していたダンスパーティーに遅刻したり、個別の約束も短縮するしかなかった。

——もう一度ちゃんと謝った方がいいな。

職員の人たちが後はもういいと言ってくれたので、俺はホールを出て自分の教室に向かう。

今の時間は各クラスが教室でささやかなパーティーを行っている。

担任の篠宮先生は、クリスマス用の特製焼きそばを作るとはりきっていた。

俺の分が残っているといいのだがと考えつつ、早足で廊下を進み、教室の近くまでやってくる。

「あれ……？」

だが何故か教室の電気は消えていて、物音や話し声も聞こえない。

「もしかして、宿舎の方でやるんだったか……？」

会場を間違えていたのかと思いながらも、念のため教室の中を確かめておくことにした。

ガラララ――！

扉を開いた音が静かな校舎に響いた直後、パッと目の前が明るくなる。

パンパンパンッ！

同時に響く破裂音。

銃声かと思い反射的に身を屈めようとした俺だったが、すぐにそのような状況でないと気付く。

明るくなった教室には、笑顔の皆がいた。

クリスマスカラーのコーンハットを頭に被り、手には弾けたクラッカー。

そして皆は声を合わせて叫ぶ。

「ハッピーバースデイ!!」

ああ、そういえばそうだった。

パーティーが始まるまでは覚えていたのに、そこからのドタバタでいつの間にか頭から抜け落ちていた。

机の上には山盛りの焼きそばと、大きなバースデイケーキが用意されている。

それを見た瞬間、何故(なぜ)だか急に目の奥が熱くなった。

とっさに込み上げるものを堪(こら)えて、それでも少し溢(あふ)れてしまったものを手の甲で拭って

——皆に向き直る。

そして笑顔と共に答えた。

「ありがとう。メリークリスマス」

UNLIMITED FAFNIR

✦終章

「モッノノべーッ！」

「……イリス、いきなり何なんだ？」

妙なテンションとイントネーションで名前を呼ばれた俺は、眉を寄せて振り返る。

目に映ったのは、満面の笑みを浮かべて駆け寄ってくる美しい少女の姿。

廊下の窓から射し込む朝日に銀色の長髪は輝き、一歩ごとに豊かな胸が大きく弾んでいた。

ブリュンヒルデ教室の皆とは、深月の宿舎で共同生活をしている。こうして早朝に廊下で顔を合わせるのは別に不自然ではない。

ただ——いつも寝坊しているイリスが、朝六時に目を覚ましていることは間違いなく異常事態だった。

「あのね、モッノノべーって言い方、ちょっといい感じじゃない？　昨日お風呂に入ってる時に気付いたんだけど、こう……思いっきりモッノノべーッて叫ぶと、元気が出るんだよ」

拳を天に掲げ、祭りの掛け声のように俺の苗字を叫ぶイリス。

「……悪いが共感はできない」

頭痛を覚えながら俺は答える。もしかしたらまだ夢の中なのかもしれないという思いさえ抱いた。

「えー、いいと思うのになー。モノノベも試しに一回やってみてよ。ほら、せーのっ！」

「何で自分の苗字(みょうじ)を叫ばなくちゃいけないんだよ……というか、深月(みつき)も嫌がるだろ」

俺と同じ苗字を冠する妹を引き合いに出すが、イリスはきょとんと首を傾(かし)げる。

「ミツキちゃんは、いいですねって言ってくれたよ？　その後、お仕事があるってどこかに行っちゃったけど……」

「いや、明らかに嫌がられてるだろ。俺もあまりいい気分はしないから止(や)めてくれ」

「そんなぁ……今度体育祭があるから、ブリュンヒルデ教室で一致団結する時の掛け声にしたかったのに……」

「どんなクラスだよ！　翌日からモノノベ団とか呼ばれるようになるぞ」

「モノノベ団……いいかも！」

「よくない」

きっぱりと断言した俺は、自分の着ているジャージを指差す。

「俺はこれから朝のジョギングなんだ。もう行っていいか？」

ここでグダグダ話しているとトレーニングの時間がなくなってしまう。この平和な島で体が鈍らないようにするのは、意外と大変なのだ。

「あ、もしかして体育祭の特訓？」

「違う。日常的なトレーニングだ。毎日やってる。知らなかったのか？」

「あ……うん。あたし、いつも朝ご飯ギリギリまで寝てるから……そうだっ！　モノノベ――一緒に行ってもいい？」

恥ずかしそうに頭を掻いたイリスは、俺の手をぐっと握る。

「ジョギングにか？」

「そう、体育祭で頑張りたいし……あと、毎日ミツキちゃんの美味しいスイーツを食べてるから体重が不安で……」

「んー……」

正直、イリスのペースに合わせるとトレーニングの効率は落ちるだろう。けれど迷う俺をイリスはもじもじと上目遣いで見つめてきた。

「やっぱり……ダメ？　迷惑？」

「――いや、分かったよ。じゃあ行くぞ」

溜息を吐いて俺は玄関へと歩き出す。

「モノノベ、ありがとう！　朝のジョギングって何だかいいよね」

嬉しそうに隣に並んだイリスは、廊下の窓から朝の景色を眺めた。

「じゃあ、これから毎日一緒に走るか？」

「う……そのお誘いはすっごく嬉しいんだけど……毎日この時間に起きるのは無理かも」

自分が寝坊助だという自覚はあったらしく、イリスは残念そうに肩を落とす。

「まあ、そうだろうな。けど、なら何で今日はこんなに早起きなんだ？」

最初の疑問を思い出した俺は、イリスに問いかけた。

「あー……うん、それはね……」

イリスは視線を彷徨わせた後、ぐっと拳を固め、天に突き出す。

「モッノノべーッ！」

「い、いきなり何だよ。というかそれ止めろ」

「あはは……ごめん。でも、ちょっとどうしても気合が必要だったから」

そう言うとイリスは俺の前に回り込み、真剣な表情で俺を見つめる。

「たぶんモノノべは覚えてないだろうけど、今日はあたしにとって特別な日なの。だから今日は誰よりも早く、一番にモノノべと会いたかったんだ」

「特別な日……」

そう言われてもピンと来ない。お互いの誕生日でもないし、特別なイベントもない平日だ。

しかしイリスの期待するような表情を見て、考えて考えて――ようやく気付く。

「ああ、そうか。今日は――」

俺はイリスを見つめて呟いた。覚えている。忘れるわけがない。

脳裏を過ぎるのは、海辺から現れた美しい少女の姿。

一年前のその日、その瞬間まで、俺は彼女のことを知らなかった。

互いに全く交わらない人生を歩いてきたのだから、それも当然。

しかしそこから、俺たちの進む道は重なった。

他人だったはずなのに、隣にいるのが当たり前の存在になっていた。

気付けばいつも彼女の笑顔がそこにある。

もちろん今も――。

「思い出してくれた？」

「――時間が経つのは早いな」

イリスの問いに俺がそう応じると、彼女は嬉しそうに微笑んだ。

「うん、そうだね。モノノベ……一年前の今日、あたしと出会ってくれて、ありがと」

「何だよそれ……わざわざ礼を言うことか？」

あまりに照れ臭くて、俺は視線を逸らし、頬を掻く。

「うん、言うこと」

けれどきっぱり返事をされて、俺も覚悟を決めた。イリスと目を合わせ、息を吸う。

「俺も……イリスと会えてよかったよ」

だがそれ以上は耐えられず、恥ずかしさを誤魔化すためにイリスの頭をポンポンと撫でた。

「えへへー」

心底嬉しそうに自分から頭を摺り寄せてくるイリス。

「せっかくだから、今日は砂浜を走るか。そういやあの時、イリスは水着を流されて――」

「あーっ！　またそれ言う！　そこは思い出さなくていいからぁっ！」

思い出話をしようとした俺の口を、真っ赤な顔になったイリスが手で塞ぐ。
こうして俺たちの、特別で普通な一日は始まるのだった。

【初出】

◆ブリュンヒルデ・ゲーマーズ1（1巻　ゲーマーズ特典）
◆タイガーズ・ネスト（1巻　とらのあな特典）
◆ミドガルズ・デイズ1（1巻　アニメイト特典）
◆ミドガルズ・デイズ2（1巻　一般店特典）
◆ミドガルズ・デイズ3（2巻　アニメイト特典）
◆ミドガルズ・デイズ4（2巻　とらのあな特典）
◆ブリュンヒルデ・ゲーマーズ2（2巻　ゲーマーズ特典）
◆ミドガルズ・デイズ5（2巻　一般店特典）
◆ミドガルズ・デイズ6（3巻　アニメイト特典）
◆ミドガルズ・デイズ7（3巻　一般店特典）
◆ミドガルズ・デイズ8（3巻　とらのあな特典）
◆ブリュンヒルデ・ゲーマーズ3（3巻　ゲーマーズ特典）
◆ミドガルズ・デイズ9（4巻　アニメイト特典）
◆ミドガルズ・デイズ10（4巻　一般店特典）
◆ミドガルズ・デイズ11（4巻　とらのあな特典）
◆ブリュンヒルデ・ゲーマーズ4（4巻　ゲーマーズ特典）

◆ミドガルズ・カーニバル外伝１（５巻　アニメイト特典）
◆ミドガルズ・カーニバル外伝２（５巻　一般店特典）
◆ミドガルズ・カーニバル外伝３（５巻　とらのあな特典）
◆ブリュンヒルデ・ゲーマーズ５（５巻　ゲーマーズ特典）
◆スクール・ウォーズ上（コミックス１巻　アニメイト特典）
◆スクール・ウォーズ下（６巻　アニメイト特典）
◆エメラルド・テンペスト外伝１（６巻　一般店特典）
◆エメラルド・テンペスト外伝２（６巻　とらのあな特典）
◆ブリュンヒルデ・ゲーマーズ６（６巻　ゲーマーズ特典）
◆アメジスト・リバース外伝１（８巻　ゲーマーズ特典）
◆アメジスト・リバース外伝２（８巻　とらのあな特典）
◆プリズマティック・ガーデン外伝１（12巻　アニメイト特典）
◆プリズマティック・ガーデン外伝２（12巻　メロンブックス特典）
◆プリズマティック・ガーデン外伝３（12巻　とらのあな特典）
◆ブリュンヒルデ・ゲーマーズ７（講談社ラノベ文庫５周年記念用短編）
◆ブリュンヒルデ・ゲーマーズＥＸ（講談社ラノベ文庫コミックマーケット87配布冊子用短編）
◆ブリュンヒルデ・ヴァルキリーズ（アニメＢｌｕ－ｒａｙ＆ＤＶＤ初回生産分限定特典）

あとがき

お久しぶりです、ツカサです。

今回は短編集＋前日譚＋番外編となる『銃皇無尽のファフニールEX　インフィニティ・ワールド』を手に取っていただき、ありがとうございます。

まさか各巻の特典用に書いたSSが、こうして一冊の本になるとは思っていませんでした。特に一～三巻辺りは、本になるわけじゃないから――という理由で、かなり自由に書いていた記憶があります。

それを今回、改めて読み返しましたが……自分の認識以上にはっちゃけていて、どう修正するか頭を悩ませました。

けれど担当の庄司様がそのはっちゃけた部分を面白いと言ってくれたので、結局は固有名詞以外ほとんど手を付けず、ほぼ当時のままで収録してあります。

そしてその短編に梱枝先生のイラストが付くという衝撃……！　まさかこのシーンをイラストで見られるとは――と感激いたしました。

実はこうしてたくさんの特典を書かせていただける機会を得たのは、このシリーズが初めてのことで、非常によい経験になったと思っています。

その中でも特典の定番となったゲーム会（ブリュンヒルデ・ゲーマーズとして収録した

シリーズ）は、私自身すごく楽しんで書くことができ、本編の日常エピソードを魅力的に描くヒントになりました。

あと文化祭や花火大会など、日常シーンがメインだった本編の番外編を書くことができたのも嬉しかったです。

そうしたお話は分かりやすいように『～外伝』というタイトルを付けてみましたので、本編を片手に読んでもらえると、より楽しんでいただけるのではないかと思います。

ただ、他の短編もそうですが、こうした特典ＳＳは〝読めば楽しいけれど、読まなくても本編に影響のないもの〟として書いたものです。

本編は基本的に〝物部悠〟の一人称なので、彼を登場させないことで、主人公と読者の〝経験〟が乖離しないよう気を付けました。本編に影響がないものですから、短編だけでももちろん楽しめます。

ですから本編を最後まで読んでいない方、アニメや漫画だけしか『銃皇無尽のファフニール』を知らないという方も、気軽に短編を読んでもらえると嬉しいです。

第二部に収録された『ファフニール・ゼロ』は本編一巻より前の出来事を描いたお話になっています。

第一部と違ってシリアスな部分も多いですが、短編とは別の意味で楽しんで書くことができました。

物部深月は本編メインヒロインの一人ですが、同時にもう一人の主人公であると私は思っています。そんな深月の〝始まり〟をしっかり描く機会をいただけたことで、私自身も彼女を深く理解できた気がしました。

そして第三部、『クリスマス・パニック』は書き下ろしの後日談です。悠たちがこれから歩んでいく道の一幕を描きました。楽しんでいただけると幸いです。

では謝辞を。

梱枝りこ先生。後日談の部分だけでなく、短編集や前日譚のイラストも描いてくださりありがとうございます！　可愛く素敵なイリスや深月たちの姿をまた見ることができてとても嬉しいです！

担当の庄司様。この『EX』を出す機会を作っていただき、本当に感謝しています。ファフニールと共に私も成長できたのは、庄司様のおかげです。

そして最後に読者の方々へ最大級の感謝を！　『銃皇無尽のファフニール』を読んでいただき、ありがとうございました！

それでは、また。

二〇一八年　二月　ツカサ

あとがき
お疲れ様でした一！
銃皇無尽のファフニール
ついに完結 ><
最後まで関われて
本当に幸せです
ありがとう
ございました！
サービス
深月ちゃん

『銃皇無尽のファフニール』を
彩った数々の
イラストがここに――
UNLIMITED FAFNIR

INFORMATION
梱枝りこ画集
銃皇無尽の
ファフニール
2018年7月2日
発売予定！

銃皇無尽(じゅうおうむじん)のファフニールEX(エクストラ)
インフィニティ・ワールド

ツカサ

2018年3月30日第1刷発行

発行者	森田浩章
発行所	株式会社　講談社 〒112-8001 東京都文京区音羽2-12-21
電話	出版　(03)5395-3715 販売　(03)5395-3608 業務　(03)5395-3603
デザイン	草野剛（草野剛デザイン事務所）
本文データ制作	講談社デジタル製作
印刷所	豊国印刷株式会社
製本所	株式会社フォーネット社

落丁本・乱丁本は購入書店名を明記のうえ、小社業務あてにお送りください。送料は小社負担にてお取り替えいたします。なお、この本の内容についてのお問い合わせはラノベ文庫あてにお願いいたします。

ISBN978-4-06-511545-9　N.D.C.913　335p　15cm
定価はカバーに表示してあります